# まけないで!

女は
立ち上がるたび
キレイになる

Chizu Saeki
佐伯チズ

講談社

# まえがき

2017年6月23日。私の誕生日であるこの日、新しい化粧品が生まれました。

「チズ・サエキ　ジャパン・ラ・サロン・コスメ」

私の美容家として半世紀以上の知識と経験がギュッとつまった、最高傑作ともいえる化粧品です。

メディア関係の方、新しく立ち上げた「佐伯チズ　友の会」のメンバーをはじめとするファンのみなさまなど、発表会には本当にたくさんの方々が駆けつけてくださいました。会は大盛況のうちに終わり、とても幸せな一日でした。

日本初にして唯一のＪＡＳ認定を受けたバラの女王「ダマスクローズ」を使った花水《はなすい》、そして世界特許取得の技術、「ラメラテクノロジー®」。私にとっては、この奇跡ともいえる「出会い」に導かれ、できあがった化粧品です。

おかげさまで各方面から絶賛の声を頂戴し、多くの方に喜んでいただいています。

2017年、私は74歳になりました。

美容業界に革命を起こしたといわれ、ベストセラーとなった最初の著書、『佐伯チズの頼るな化粧品！――顔を洗うのをおやめなさい！』（講談社）から14年。「佐伯式ローションパック」は、私の代名詞ともいわれるほどになりました。

現在もメディアのお仕事や講演をこなすかたわら、エステティック・サロン「サロンドール　マ・ボーテ」でお客様に施術を行い、日々精進しています。

また、最近になって寝具のプロデュース、住宅メーカーとのコラボ企画に「旅」のお仕事など、新しい分野の仕事が一気に増えました。国内のみならず海外まで元気いっぱい、めまぐるしく飛び回る毎日です。

美を追求する気持ちはまったく衰えを知りません。今もボディスーツを着て体形を維持し、ステージではハイヒール、ノーファンデの素肌。体調はすこぶる良好です。

「10年前よりも若返っているんじゃない？」「最近、イキイキしているね」と、おほめいただくこともあります。

ところが――。

「佐伯さん、引退なさったの？」

少し前のことですが、人にそう聞かれ、口もきけないほど驚きました。

いつの間にか私は、テレビや雑誌に登場する機会が減り、「引退」したことになっていたようなのです。当の本人は、そんなことにはまったく気づいていませんでした。


実は今から2年ほど前、72歳を迎えた私は、それまで積み上げてきた会社をはじめ、「佐伯チズ」の登録商標、商品、ネーミング、金銭、お客様情報まで、すべてを失いました。そのときは、落ち込みのあまり生きていく気力を失い、寝込んでしまったほどです。

72歳にしてゼロどころか、マイナスからの出直し……。

人生七転び八起きというけれど、まさかこの年になってこんな困難が訪れるとは、想像もしていませんでした。


思えば私の人生は、常に試練に見舞われ、それを乗り越えることの連続でした。

父親不在の家庭に育ち、42歳で主人を亡くし、働いていた会社では途中、肩たたきに遭《あ》うこと3回……、それでも意地で定年まで勤め上げました。

夫を失ったときは3年間泣いて暮らしました。顔中がシミ・シワに覆《おお》われ、気がつくとまるで「老婆」になり果てていました。

必死にお手入れをし、6ヵ月かけて肌地獄から脱出しました。このときに絶大な威力を発揮してくれたのが、あの「ローションパック」でした。

72歳で何もかもなくしたときは、「私にはもう何も残っていない」と、深い深い絶望に襲われました。

しかし、そうではなかったのです。私にはまだ、50年以上美容業界に身を置いて培《つちか》ってきた美容理論と自分の「腕」が残されていました。

なにより、私に手を差し伸べてくれる温かい仲間がいた。

その先にあった奇跡ともいえる出会いのおかげで、まったく新しい化粧品を開発し、復活することができました。

74歳、ステージの上で新しい化粧品の発表をする私は、みなさんには健康的で元気いっぱいに見えたことでしょう。この数年間ですべてを失い、どん底をさまよっていたと聞いても、にわかに信じられなかったと思います。

本書は、70歳を超えた私の身に何が起こったのかを含め、困難の連続だった私の人生についてお話ししようと思います。もしかしたら、みなさんの持っているイメージを覆《くつがえ》すような私が、そこにいるかもしれません。

美容を仕事にしている人間は、キレイな話だけで勝負をしなければいけないのではないか、そうも考えました。

でも私はあえて、恥も含めて素の自分をさらすことを選びました。

なぜなら、これまでどんなトラブルや困難に襲われても、私は全力で立ち上がり、不屈の意志で乗り越えてきたから――。

それをみなさまにお伝えすることで、ひとりでも多くの方を勇気づけることができたらと思ったのです。

この本を手に取ってくださった読者のみなさんも、それぞれの人生において困難を抱えていると思います。今まさに葛藤《かっとう》の最中にあって、悩み苦しんでおられる方もいるかもしれません。

そんなとき、「佐伯さんもつらい体験をしていたのね。自分もまだまだがんばろう」「悲しいことがあっても、立ち直れるのね」「笑顔で前を向くって大切よね」と、少しでも感じてもらえたらうれしく思います。

私だってみなさんと同じ。悩み、苦しみ、涙を流し、必死でもがいて生きてきたのです。

私はいつも、「肌は何歳からでも甦《よみがえ》る」とお伝えしています。

それは、人生にもいえることだと思います。

今、私は毎日が夢中です。それはやるべき仕事、果たすべき使命感に燃えているから。あれもやりたい、これもやらなきゃ……。

引退なんてとんでもありません。今まで以上に活発に動き回るつもりです。もちろん、ボケてなんかいられません。

美しいもの、好きなものに囲まれ、安心して自分を出せる心のキレイな人たちとの交流、新しい仕事、そして旅……。

本書では現在の私の生活ぶり、そして私が「老春《ろうしゅん》」と呼ぶ、老後を楽しく、生き生きと暮らすヒントもお伝えしていきます。

表紙の私、それはありのままの74歳の私です。

近頃はすばらしい技術があるそうで、写真を加工・修整するのが一般的らしいのですが、私に限ってはいっさい、そのような細工はしておりません。

人生はいつからだってやり直せます。

気持ちひとつで、不幸にも幸せにもなれるのです。

本書を読まれたみなさんに、「元気になれた」「生きる力が湧いてきた」と思っていただけたら、心からありがたく思います。

# まけないで——女は立ち上がるたびキレイになる ❦ 目次

## 序章　予想外の「第二の人生」

## 第1章 かなった夢がさめるまで

## 第2章 70歳から人生、返り咲き

## 第3章 憎しみの心に花束を

## 第4章 100歳まで夢がいっぱい

# まけないで——女は立ち上がるたびキレイになる

# 序章

# 予想外の「第二の人生」

## 気持ちはいつも「お客様第一」

2003年6月、60歳になったその月に、私はクリスチャン・ディオール社を定年退職しました。45歳からの再出発でしたから、結局、ディオールには15年お世話になりました。その時代のお話を少しします。

入社当初、インターナショナル・トレーニング・マネージャーとして、全国のデパートにある化粧品販売コーナーで働く、約600名の美容部員を指導することが私の主な仕事でした。

ろくに接客やマナーなどの訓練を受けていなかった彼女たち。「おはようございます」と声をかけても無視。制服の着方も履《は》いている靴もバラバラ。休憩時間にはタバコをふかす――。「美」を売る仕事をしている人たちとはとうてい思えない、野放し状態でした。

「これは大変なところへ来てしまったな」

そう思った私が真っ先に着手したのが、彼女たちの「意識改革」でした。

売り場に立つ女性社員には、単に化粧品を売っているのではなく、女性を美しくする責任ある仕事をしているのだという「自覚」と「プライド」を持ってもらいたいと考えました。そこで、「販売員」という呼び方をやめ、「ビューティスト」という新しい肩書を付けました。

人様に「美」を売る仕事ですから、まずは自分たちがきちんとしていなくてはなりません。彼女たちの服装から靴、髪型、ネイルケアまで統一し、徹底して指導しました。

さらに創業者、ムッシュ・クリスチャン・ディオールの「精神」を伝えることにも力を注ぎました。

フランスのオートクチュール・ブランドの歴史に始まり、ムッシュが思い描いた女性の美しさと、それを演出するファッションとコスメティックの世界。それらを一から教え込むことで、彼女たちの中で仕事に対する使命感が芽生えていったように思います。

仕事への「意識改革」の次は、お客様に対する「意識改革」です。

本国フランスからは次々と新製品が送られてきますし、世界一、スキンケア商品が売れるのが日本市場でしたから、ノルマも厳しいものがありました。

ただ「売ればいい」という考え方の会社に対し、私は徹底的に「お客様第一主義」を主張しました。そのため、上司とはかなりやり合いました。

お客様には不要なものなのに、「新製品だから」と売り手側の都合で押し売りするのは、私の信念が許しません。

とはいえ、私も雇われの身です。数字を上げなければクビになります。

そこで、こう考えました。

お客様の信頼を勝ち取るには、肌がキレイに変わっていくのを実感してもらうこと。それには、化粧品の力を最大限に引き出す「使い方」をお教えすればいい。そうすれば、売り上げは自然についてくるはず——。

こうして私は、「使い方」にこだわった販売方法を店頭で徹底するよう指導しました。

すると売り上げは確実に増加。わずか3年で宿敵シャネルを抜いたのです。

会社の方針に従うことなく、業績を飛躍的に上げたのですから、上層部はおもしろくなかったと思います。

ともかく、みなさまに喜んでいただき、60歳までしっかり勤め上げることができました。

亡くなった主人にあの世で再会するとき、「私、いろいろあったけど、定年までがんばりました」と報告できることが、私の自慢のひとつです。

## 70歳までの激動の10年

定年後は、自宅をサロンにして、一日2名限定でお客様のお手入れをさせていただき、年金とわずかな収入でひっそりと暮らしていくつもりでした。

ところが、定年を迎えるちょうど1年前、講談社さんとのひょんなご縁で、私の経験と美容論をまとめた本を出すことが決まりました。

フランスの化粧品メーカー一筋に働いてきた中、私には自分なりに積み上げてきた美容のノウハウや、化粧品に関する哲学のようなものがありました。何か書いておきたいという漠然とした思いは抱いていたのですが、それがまさか、私の「第二の人生」を大きく変えることになろうとは、当時は想像もしていませんでした。

人生というものは、本当にいつ、どこで、何が起こるか、わからないものです。

2003年7月、定年の翌月に初の著書が出版されました。

『佐伯チズの頼るな化粧品！――顔を洗うのをおやめなさい！』（講談社）がそれです。

美容に長年携《たずさ》わってきた人間が出した本のタイトルが「化粧品に頼ってはいけない！」ですから、それはみなさんも驚きますよね。

当時は「オイルクレンジング」の全盛期。間違ったお手入れでお肌にトラブルを抱えている女性が大勢いました。

そして日本人は洗顔が大好き。「キュッキュッ」と音がするほど肌を擦《こす》り上げ、ダブル洗顔、トリプル洗顔は当たり前。悲鳴を上げるお客様の肌をたくさん見てきました。

化粧品の選び方、買い方、使い方が間違いだらけ。その状況に一石を投じたかった。日本人女性の肌を救いたかったのです。

その想いを一冊にしたためたところ、「こういう本を待っていた！」という声がたくさん寄せられたのでした。デビュー作は何度も版を重ね、最終的には美容本としては異例の10万部を超える大ヒットになりました。

この本で私が提唱したのが、「佐伯式ローションパック」です。

水で濡《ぬ》らしたコットンに化粧水を含ませ、薄く裂《さ》いて額、頰《ほお》、鼻、顎《あご》に貼りつけて3分間置く。

このシンプル極まりないお手入れを毎朝晩続けるだけで、乾いた土が水を吸い込むように、お肌にもうるおいが甦ります。

お肌に一番大切な「保湿」をもたらすローションパックは、本のヒットとともに、私の代名詞のように全国に広まっていきました。

## 人の心をつかむ秘策

この本が出たとき、私は考えました。

私は美容業界でこそ多少は名前を知られているけれど、全国的にはまったく無名。どこの誰かもわからない人の本が、ただ書店に並んでいても売れません。売るためには営業部の方々の強力なサポートが必要です。

そのためにも営業部の人に直接お願いしなくては、と思いました。

こういうとき、私は必ず手土産を持参します。考えた末、みなさんに靴下をプレゼントすることを思いつきました。

講談社さんに出向くと、50人は入れる広い会議室に営業部員の方々が集まってくださました。９割方男性でした。みなさんを前に、私はこうお願いしました。

「この靴下に穴があくまで、どうぞ私の本を売り歩いてください！」

その瞬間、どよめきが起こりました。

あとで聞けば、そんなことをする著者はいないそうです。

「おもしろいおばさんだな」と思っていただけたのでしょう。その後、営業部のみなさんはいろいろなＰＲ作戦を実施してくださいました。

## 想いを伝える喜びを知る

私自身もＰＲのために全国各地の書店を回りました。

忘れもしない、初めての訪問営業は東京・渋谷の文化村通りにあったブックファーストさんでした。机と椅子２脚を用意していただき、本を買ってくださった方には座って対面で５分間「スキンケア・アドバイス」をするというものでした。

まだテレビに出たりする前でしたから、「佐伯チズ？　誰、それ？」状態で、まったく集客できず……。困った講談社の営業スタッフの方々が、表通りに飛び出し、声を張り上げて宣伝を始めてくれました。

やがて店内に若い女性たちの列ができました。制限時間を超えて、切々と肌の悩みを打ち明ける人が続出しました。

また、ＤＶＤブックを発売したときは、東京・池袋の西武デパートの通路で、買い物中のお客様に声を掛け、その場でお肌の診断をさせていただきました。気づけば通路がいっぱいになるほどの人だかりができていました。

自分の本を買ってくださるお客様に直接お目にかかることで、私の想いが誰かに伝わっていく喜びを実感しました。

## お金には無頓着

最初の本ができあがったとき、こんなことがありました。

講談社の編集担当者から電話がかかってきました。

「佐伯先生、振り込みの件なのですが……」

そうですよね、本を出したのですから、経費をお支払いしなくては――。

「はい。いくらお支払いすればよろしいですか?」

電話の向こうで一瞬の沈黙がありました。

「いえ、『印税』をこちらが先生にお支払いするんですよ」

「印税? 何? 本を出してもらったのに、私がお金をいただけるの?」

さっぱり訳がわかりませんでした。

どこまでもお金に無頓着《むとんちゃく》な私。「印税」とは偉い作家の先生方のもので、自分は違うと思っていたのです。

本の「著者」は、私のような新人でも、売り上げの一部を「印税」としていただくことができるのだとの説明を受けて、ようやくその意味を理解しました。

「ああ、そういう仕組みなのですね。では、ありがたく頂戴します」

このありがたい印税のおかげで、52歳のときに組んだ住宅ローンを完済することができました。

## 人生の新しい目標

本がヒットするにつれ、全国の講演会に呼んでいただく機会も増えていきました。

「女性がキレイになるためのヒントについて話して欲しい」という依頼のときには、10代から80代まで、幅広い層の女性がたくさん集まってくださいました。

奥様に連れられて男性が来られることもありました。そんなときは、「おやじ臭」を解消するスキンケアをお伝えします。「耳の縁を上、真ん中、耳たぶと少しずつつかんで、外側に引っ張ってください」と言うと、一生懸命みなさん引っ張ってくださるのです。

こうやって男性のハートも、がっちりキャッチさせていただきました。

また、訪問した先々で、アトピー性皮膚炎に長年苦しむ女性にも多くお会いしました。皮膚科に通ってもよくならないという方も大勢いらっしゃいました。

アトピーは、シミやシワより深刻な悩みです。でもその中に、私の「佐伯式ローションパック」に出合ったことで、少しずつ改善してきたという方々がおられました。ステロイド剤では改善できなかったけれども、「ローションパック」でお肌の変化を実感している、と喜んで報告してくださったのです。

「よく話してくださいましたね。本当にありがとう。大丈夫ですよ、もっとキレイになれますからね。ローションパック、続けてくださいね」

長年、アトピーに苦しんできた女性の中には、私の言葉にホッとされるのか、涙を流された方もひとりやふたりではありません。

肌の悩みを人に話すのは、本当につらいことです。恥ずかしくて相談できない。誰に話せばよいかわからない。デパートの美容部員には怖くて聞けない。エステサロンなんて恐ろしくて行ったことがない。

そういう女性が全国にたくさんいることを改めて知りました。

私の新たな使命は、こうした日本中の女性の生の声に耳を傾け、一緒に答えを見つけていくこと、そして誰もがキレイになれる方法を伝えていくこと——。そう痛感したのです。

そのためには、自宅でエステをしているだけではダメ。活動の場を広げなければ、と思いました。

20歳で美容業界に入り、24歳からは化粧品会社、途中2年間の海外生活を含め、60歳で定年するまでの三十余年で培った知識と経験を、今こそ日本女性の「キレイ」のために役立てよう。この美容法を全国区にしよう——。

私の「第二の人生」は、にわかに活気づいていきました。

## 一躍、私は「時の人」

本が爆発的にヒットしたことで、テレビ、ラジオ出演、講演会やホテルでの食事付きトークショーなど、仕事が一気に広がっていきました。

最初のテレビ出演は、テレビ東京で始まったばかりの朝の生番組。ローションパックを初めてテレビで紹介することになりました。

緊張で前の晩は一睡もできませんでした。でもなんとか本番ではつまらずにコメントできて無事終了。視聴率もよかったそうで、定期的に出演依頼がくるようになりました。

それ以降、他のテレビ局からもオファーが殺到。当初は美容の特集番組での出演でしたが、やがて密着取材や旅番組、クイズ番組にも出していただくようになりました。

テレビの影響力はすごいものがありました。電車の中や通りを歩いていると、「あ、チズさんだ！」と知らない方から声をかけられたり、一緒に写真撮影を頼まれたりするようになりました。

もちろん、この間、本来の仕事であるエステを忘れていたわけではありません。

自宅の一室をエステルームに改装した「サロン　ドール　マ・ボーテ（私だけの究極のサロン）」では、一日2名限定でのお手入れを続けていました。これは今も変わらない、私の活動の基本です。

メディアからの取材や講演の依頼などが増えていったので、2004年に「株式会社チズコーポレーション」を設立しました。

さらに、同年には美容関連のビルをプロデュースするという、新たな挑戦に取り組みました。東京・代々木の10階建てのビルをまるごと「美と健康」のための空間にするというプロジェクトでした。

10月にその「ビューティータワー」が完成。最上階にはエステサロン、その下には私の美容理論を受け継いでくれる若手育成を目的に、「佐伯式美肌塾　チャモロジースクール」を開校。たくさんの女性が集まってくれました。

こうして、事業は次々拡大していきました。

2006年4月には、私のスキンケア・メソッドの代名詞「ローションパック」に欠かせないコットンを販売するための物販会社を設立。ホームページを開設し、楽天、アマゾンなどを経由したインターネット通販を開始しました。

今治のタオルメーカーとは、共同でお手入れ用のグッズも製造しました。

テレビに出していただく機会も増え、プロの芸能プロダクションに所属したほうがなにかと安心だと思うようにもなりました。ご縁あって、２００７年から古稀《こき》（70歳）を迎えるまで、「アミューズ」に所属させていただきました。

私の人生には追い風が吹いていました。

## 強く願えば、夢はかなうもの

さらに、仕事の幅を広げるオファーが舞い込みます。

２０１２年、私の出身校、京都の成安女子高等学校（現・京都産業大学附属高等学校）の系列大学、成安造形大学（滋賀県大津市）から客員教授として招聘《しょうへい》されたのです。

これは今も続けていることで、机の上の学問ではなく、社会で身につけた「生きた学問」を未来ある若い学生たちに伝えています。

２０１３年9月からは、兵庫県の住宅メーカー「住空間設計Ｌａｂｏ」（明石事務所）と一緒に、「五感で感じる癒しの住まい」と題した美容と家づくりのアイデア提案を始めました。昔から住宅展示場巡りが大好きだった私にとって、新たな〝美・生活アドバイザー〟としての仕事は心から楽しいものです。

また、２０１６年からは枕（エアウィーヴ×ロフテー）のプロデュースも開始。こちらも私のこだわりが凝縮された自信作です。

著書『願えば、かなう。』（講談社、２００６年）にも書きましたが、私は夢を口にすることで現実のものにしてきました。

運をつかめるか、つかめないかは、普段から「自分の向かう先」を意識しているかどうかの違いが大きいのです。自分の目標をはっきりさせるためにも、「私はこうしたい」「こんなことを考えている」と日頃から言葉にし、自分に言い聞かせることが大切だと思います。

「美容学校を開きたい」という夢もそのひとつでした。「『徹子の部屋』に出たい」という夢も、口にしたことによって、２００５年にかないました。

私は大の映画ファンで、お恥ずかしながら、若い頃、映画のオーディションを受けて面接で落ちたことがあります。それがこの年齢になってから、雑誌やウェブサイトで映画のコメンテーターをさせていただく機会に恵まれました。またテレビ出演も、「映画の夢」がちょっと別の形でかなったともいえます。

「次々と夢をかなえていく美容家・佐伯チズ」

まわりの人にも、そう映っていたと思います。

そしてもうひとつ、私が唱え続けた夢、それは「銀座に店を構えたい」ということ。人生一度きり。日本一の場所で自分のエステサロンを開きたい！

それが私の悲願でした。

これも定年から5年後、２００８年4月にかなえることができました。

こうして、60歳から70歳までの10年間の私は、いろいろなことを考える時間も余裕もないまま、ただひたすら前を向いて走り続けました。立ち止まったり、振り返ったりすることなどない毎日でした。

「気がついたら古稀を迎えていた」

これが正直な気持ちです。

２０１７年7月18日に１０５歳で亡くなられた日野原重明《ひのはらしげあき》先生（聖路加国際病院名誉院長）は、このようにおっしゃっておられました。

「75歳から第三の人生が始まる」

なるほど、私も定年後から新たな「第二の人生」が始まりました。そのまま日野原先生のおっしゃる「第三の人生」のスタートを迎える……はずでした。

しかし、銀座への出店からわずか7年後の２０１５年7月。私は、借金を背負って銀座から撤退することになったのです。

このとき、72歳。私の「第二の人生」の終わりが迫《せま》っていました――。

## 本当の「私」、イメージの「私」

60歳を過ぎて急に顔と名前が日本中に知られるようになり、今から思えば、私は少し混乱していたのでしょう。

あくまでも自分はひとりの美容家、肌をキレイにするプロ、「キレイを作る職人」。性格も以前となんら変わりませんし、生活が派手になることもありません。基本的に移動は電車で、宝石やブランド品を買い漁《あさ》るようなこともありません。

ただ、世間はそうは見ていなかったのです。

「あの人、最近テレビによく出ているから、儲《もう》かっているにちがいない」

「絶対、バックに〝富豪の男〟がついているはず」

この時点で、自分が世の中の人にどう見られているのかを、もう少し意識すべきでした。

気がつくと、お金のにおいに敏感な人たちから、ありとあらゆる投資話や共同ビジネスをもちかけられるようになっていました。

いつまでたっても素人感覚でいたことが、「新鮮でよい」と言ってくださる人もありましたが、それこそが後にさまざまな問題の元凶のひとつになってしまったことも、また事実です。

ちなみに、この場を借りて申し上げますが「富豪の男」はバックにおりません。死ぬまで私は主人一筋です。

## 聞こえなかった主人の声

「もしも」の話をするのは好きではありませんが、私が定年を迎えたとき、もしも主人が元気でいてくれたなら、私はどんな人生を送っていただろうか、と思うことがあります。私たち夫婦が理想とした「チャーミーグリーン」(ライオンの食器洗剤)のテレビCMにあったように、70歳の主人と60歳の私、仲良し夫婦で手をつないで歩いていたかもしれない。

主人の運転で全国のそば屋巡りをしていたかもしれない。大阪に残しておいた、ふたりで買った一軒家を手入れして、犬や猫を飼ってのんびり暮らしていたかもしれない。

52歳で逝《い》ってしまった主人には、今も毎日話しかけています。

「有教《ありのり》さん、今日もお仕事がんばってくるね」

「今日は有教さんが大好きだったおそばをいただいたのよ」

迷ったときにも必ず主人に尋ねました。

「有教さん、私、間違ってるかな」

「有教さん、こっちで大丈夫かな」


いつも見守ってくれていたはずの主人。

あのとき、「チーコ、それは危ないよ!」「チーコ、行ってはダメだよ!」と、その声がもう少し大きかったら、私の心の目が曇っていなかったら、それは私の耳に届いたでしょうか。

私の順風満帆としか思えなかった「第二の人生」、それが最悪の方向に流れようとしていたとき、「もしも」主人の声が聞こえていたら……。

そう思わずにいられません。

# 第1章

# かなった夢がさめるまで

## いざ、銀座へ！

「銀座にサロンを持ちたい！」

若かりし頃からの念願がかなってサロンをオープンさせたのは、２００８年、私が65歳になる年のことでした。

序章にも書きましたが、２００４年に代々木にビューティータワーをプロデュースし、そこでサロンをオープンし、スクール（「佐伯式美肌塾　チャモロジースクール」）も開講していました。多くの生徒さんが集まってくれて、メディアにも取り上げられました。

それでも私は、「いつかは銀座に」という夢を心に持ち続けていました。そして、周囲の人にもその夢について語っていました。

そのチャンスがついに巡ってきたのです。

銀座８丁目、ＪＥＷＥＬ《ジュエル》　ＢＯＸ《ボックス》　ＧＩＮＺＡ《ギンザ》。

大通りに面した、１・２階にスワロフスキーの入っているビルです。向かいは資生堂パーラーと銀座博品館。一等地中の一等地でした。

このビルのオーナー夫人が私のファンとのことで、「ぜひうちでサロンを出してほしい」と言ってくださったそうです。私にとってはまさに「渡りに船」でした。

2フロアを借り切り、5つのエステルームを備えた「サロン　ドール　マ・ボーテ」を5階に、佐伯式美容理論と技能を基に、プロのエステティシャンを養成する学校、「チャモロジースクール」を4階にそれぞれオープン。

さらに4階には、私がずっと個人的に取り入れてきた加圧トレーニングのジムを併設。最初は女性専用でしたが、のちに男性専用のスペースも作りました。

こう並べると、「すごい大躍進だけど、ちょっと大きくやりすぎでは……？」とみなさん思われたのではないでしょうか。

そのとおりでした。本当は銀座に出るにしても、2フロアも借りる必要はないし、もっと身の丈に合った形でやることもできたはずです。まして、私の専門ではない加圧のジムを併設するのは、あきらかに過剰でした。

でも私は銀座に出るのが夢だったから、どうしても実現させたかったのです。いくらでも働くし、もっともっとがんばれる。だから大丈夫、と信じていました。

## 「人任せ」の代償

ここが私の反省すべき点なのですが、一連の「手続き」について、すべて人任せにしていたのです。これが私の「しくじり」の原因でした。

まず2フロアを借りる件については、「オーナーが2フロアでないと貸さないと言っている」という話をうのみにしてしまいました。

私としては、当初1フロアを借りるつもりが、フタを開けてみたら2フロアになっていた、という感じでした。しかし、確認を怠《おこた》ったのは私です。

さらにビルの改装についても、すべて銀行任せにしてしまいました。権利金、敷金、設計、施工をすべて「まとめていくら」という形にしてしまったがために、とても高くついてしまいました。

あとから起業や出店に詳しい人に話したところ、「そんなにお金がかかるはずがないでしょう」と驚かれました。個別に支払えば、もっと節約できたというのです。

しかし、事業運営や企業経営のイロハを知らない美容家の私には、荷の重い話です。経験があるというスタッフに交渉を任せ、いわれるままの金額を支払いました。

なぜ、私はそこまで簡単にすべてを人任せにしてしまったのか。

それには私の生い立ちが関係しています。

私は、父親不在の家庭で育ちました。子どもの頃は祖父母の家、高校2年生からは伯母（母の姉）の経営する割烹《かっぽう》に下宿し、そこから学校に通いました。店では母も働いていたし、仲居さんも数人雇っていましたから、まさに女の世界。

そこで学んだのは、「女性は人に任せきることができない」ということ。

「あなたに任せたから」と言っても、必ず口出しをして、あとからもめるのを何度も見ました。任せることの大事さをそこで学んだのです。

自分が化粧品業界で仕事をしてきた中でも、任せてもらったことで責任感を持って全うできたと思っています。

そして、今度は自分が人に任せる番がきた。そうなった以上は、余計な口出しをせずに、多少の疑問や不安な点があっても、じっと見守ろう、そんな思いでいたのです。

ただ、私はあまりに自分の仕事に追われていたため、今思えば、「見守る」というより、「放任」に近い状態だったのかもしれません。

## 不運は重なる

裏事情はともかく、その当時は、念願の銀座にサロンをオープンさせたことで、私は毎日が夢のようで楽しくて仕方がなくて、懸命に働きました。

サロンは予約がひっきりなしで、数ヵ月待ちという状況。スクールも最初の数年はすぐに定員一杯となりました。

「これで銀座の事業は回していける」と思っていました。

ところが――。

スクールは2年も経つ頃になると、なぜか定員に達しない状態になってしまいました。

時期もよくありませんでした。

2008年、銀座に出たまさにその年の9月、リーマン・ショックが起こりました。

そして2011年の東日本大震災……。

どの産業も大きな影響を被《こうむ》る中、美容業界も打撃を受けるところが続出しました。私たちも例外ではなく、生徒が一気に減ってしまったのです。

スクールの受講生は、プロのエステティシャンを目指し独立したい人が多かったのですが、そのために仕事を休んだり、地方から上京してくる必要があったりと、費用と時間がかかりました。当時はみんながその余裕を失っていました。

私も時期が時期だけに、仕方がないこととあきらめていました。しばらくがまんしてがんばっていれば、きっとまた回復できると信じていました。

## 「どんぶり勘定」だった会社経営

「異変」は徐々に現れてきました。

銀座のビルのワンフロアの半分を加圧トレーニングのジムにしていましたが、こちらに経営上の問題が表面化し始めたのです。私が個人的にお願いしていた加圧のトレーナーが運営を担っていましたが、まず人が集まらない。

途中からは事務所を改造して男性専用のジムを新規で開設していましたが、ここは開店休業状態でした。

「もったいない」と思いつつ、私も自分の仕事で手がいっぱいで、加圧のジムには手が回りませんでした。

そのうち、肝心のサロンの経営状況もふるわなくなってきました。

私自身は毎日、朝から晩まで忙しく働いていたので、その事実にまったく気づかなかったのですが、月の売り上げが減少していたのです。

相変わらず予約はいっぱいで、お客様には何ヵ月もお待ちいただくという状態でした。連日、テレビや雑誌からの取材が入っていて、「たいへんな人気ですね」「佐伯ブームですね」と言われている、まさにその渦中です。まさか売り上げが失速しているなんて、夢にも思いませんでした。

その理由は、後年、銀座から撤退する決断をしたあとで判明しました。

まずスクールについては、運営を任せていた担当者が生徒の新規募集をしていなかったのです。お問い合わせがあればお受けしていたものの、積極的に告知し、募集をするということがなかったのです。それさえも人任せにしていた私は、ちっとも気がつきませんでした。

サロンについては、予約はたくさんあったにもかかわらず、スタッフが足りず、お客様の数がこなせなかったのです。5つ部屋があるのに、稼働している部屋は2つか多くて3

つ。あとは一日中、空いたままでした。

さらに、加圧のジムも稼働が悪いままでした。

これでは売り上げが落ち、経営状態が悪くなるのは当たり前でした。サロンとスクールの両輪で回していかなければ、銀座での経営は成り立ちません。その状況を、私は少しも把握していなかったのです。

## 私は「彼女」を信じすぎた

私自身は常にフル回転でした。メディア露出は相変わらず多く、新規のお客様からのお問い合わせもひっきりなしでした。

にもかかわらず、なぜこうした問題が起こったのか。それは「経営」の問題でした。

「彼女」は私が全幅の信頼を置いていた人物です。もともとは私のマネージャーとして、2004年1月から雇い入れました。

その頃、私は本がベストセラーになって一気に名前が売れ、あらゆる仕事がワーッと殺到し、収拾のつかない状態に陥《おちい》っていました。テレビや雑誌の取材が連日続きます。整理してくれる人が大至急、必要でした。

当初は、ディオール時代の後輩にマネジメントを頼んだのですが、美容の世界こそ長いけれど、その後輩にマネージャーの経験はありません。慣れない仕事に戸惑っていました。

そんなとき出会ったのが「彼女」でした。それ以前もアーティストのマネジメントをしていたということで、安心感がありました。

私はせっかちな人間ですから、頭の回転が速く、打てば響く反応をしてくれる人と波長が合います。その点でも「彼女」は申し分なく、すぐに気に入りました。

私の仕事はさらに忙しくなっていきましたが、「彼女」は当初、本当によくやってくれていました。土日もなく、夜中の2時、3時まで仕事をして、家に帰ってシャワーだけ浴びてまた朝出てくる、というような働き方をしてくれたこともありました。

そんな姿を見た私は、「彼女」に非常に感謝し、また信頼するようにもなりました。

## 思い込みが不幸の始まり

「彼女」は、マネジメントの仕事をする以前は、不動産会社の経理をしていたということで、美容を専門的に勉強した経験はありませんでした。でも、知識はなくとも天性のカンの良さのようなものがありました。

そこで、一般のマネージャーと差別化するために、ＰＲ業務の一環として、「彼女」に美容技術的なことも少し教えたほうがいいのでは、と私は考えました。そうすれば、メディアや芸能関係の方々に向けたサロンでの対応を、「彼女」が担えるだろうと思ったのです。

また、銀座に出店してから2年目ぐらいにアシスタントが入社したこともあり、美容学校では「彼女」に私の代行をさせることもありました。美容関係ではなく、礼儀作法の講座などを担当させたのですが、「彼女」は弁が立ち説明も上手なので、ソツなくこなしてくれました。

美容学校の生徒たちの技術習得度をチェックする認定試験の際には、「彼女」を「モデル」として、佐伯式エステの施術を受けさせ体感してもらいました。さらに、同行させた地方出張では夜、宿泊先で私の顔を使ってクレンジングも少し教えました。

もともと私がスクールを始めたのは、全都道府県にひとりずつ、私の美容法と「佐伯イズム」を継承してくれる人を育てたいと考えたからです。そこから芽が出て、全国各地でどんどん花開いていってほしいという思いがありました。

でも、私がこの世を去った後のことを考えると、全体をまとめてくれる存在が必要です。

子どものいない私です。定年後、短期間にせっかくここまで大きく広がった仕事を、いずれ誰かに引き継《つ》いでもらいたいと、いつしか思うようになっていました。

私の立場に置かれたら、誰もがきっとそう思うのではないでしょうか。

「彼女」には美容の専門知識はないにしても、頭の回転の速さや弁が立つといった長所を活かせば、やっていけるだろうと期待しました。

「いずれは『彼女』を佐伯式の後継者に——」と考えるようになるのに、時間はかかりませんでした。

そのためもあって、メディアの取材にも必ず「彼女」を同席させ、国内はもちろん、海外出張も常に同行させていました。私がファーストクラスなら「彼女」もファーストクラス。私の跡を継ぐなら、私の体験をすべて見聞きしておいて欲しいと思ったからです。マネージャーとして「彼女」を常に連れて行動を共にしていたので、「佐伯イズム」をすべて吸収してくれているものと、期待してしまったのでした。

「彼女」は、最初のうちこそ私を「先生」と呼んでいましたが、いつからか「チズ、チズ」とニックネームのように呼び始めました。まわりは「先生をニックネームで呼ぶなんて……」と違和感を持ったようですが、指摘する人は誰もいませんでした。

当時の私はまったく気にしていませんでしたが、しかし、こうした「特別扱い」が、振り返れば、失敗の始まりだったのかもしれません。

## いつの間にか「引退」扱い

これは当時お世話になっていたメディア関係者から最近聞いて知ったのですが、いつ頃からかテレビの仕事も雑誌の仕事もすべて、私に来る仕事はマネージャーである「彼女」

が独断で取捨選択するようになっていたようです。

「そういう仕事は、佐伯は受けておりません」

「佐伯はもう年齢的にもそういうことはむずかしい」

こう言って断ることも多かったそうです。あとから知った中には、私が聞いたこともない話が数多くありました。


もちろん私から「仕事を減らして」と言ったことは一度もないし、むしろ「どんどん入れてちょうだい」と言っていたぐらいです。当たり前です。借金もあるし、銀座の家賃、それにスタッフの給料の支払いもありますから。

「佐伯先生は最近、テレビや雑誌に出ないんですね」と言われたこともありましたが、私は一時のブームが落ち着いただけだと思い、気にかけていませんでした。

まさか自分の知らないところで仕事が断わられ、「引退」させられていたなんて、夢にも思わなかった。


ただひとつ、残念で悔《くや》しくて仕方がないのは、東日本大震災のときのことです。

私は憧《あこが》れのオードリー・ヘップバーンがそうであったように、困っておられる人たちのために何かできることはないか、という思いがいつも心の底にありました。現実として、震災後は美容学校のほうも東北からの生徒が減ったこともあり、とても心を痛めていました。

東北地方で起きたことだけれど、日本のどこで起こってもおかしくないこと。だから、東北の人たちには本当に申し訳ないという気持ちで胸がいっぱいでした。

でも、美容家が被災地へ赴《おもむ》いたところで、何ができるでしょうか。被災地のみなさんにとって、まず必要なものは、住む場所であり、食べ物・飲み物であるはずです。そんな状況で私が行ったところで、かえって迷惑かもしれないと考えました。

それでも、何か自分にできることはないかと思い、マネージャーである「彼女」に相談したところ、「いいのよ、行かなくても。お金で支援すれば」という反応でした。

当時、私はフジテレビでコメンテーターとして番組に定期的に出演していましたので、追悼の気持ちを表すために、黒い服を着て出ていました。被災地のＶＴＲが流れるときには、現地の方たちがどんな様子で過ごしておられるか、表情などにも注視していました。

そんな状況が続くうち、ある時期から、公民館で避難生活をしている女性たちの変化に気づきました。口紅をつけていたのです。

「今なら、ハンドマッサージでもローションパックでも、私がしてさしあげられることがあるかもしれない！」

そう思った私はスタッフに頼んで、復興支援の窓口で、どの避難所へ伺えばお手伝いができるか聞いてもらいました。すると、「では、石巻からお願いします」という回答をいただき、訪問先が決まりました。震災から3年が経った、２０１４年のことでした。

その後、５回、６回と東北各地を訪問させていただく中で、私は自分が書いた本をプレゼントしたいと思い、講談社に連絡しました。すると、講談社は快く１００冊を無料で提供してくださり、現地に直接届けてくれました。

そのときです、私が大変にショックな事実を知ったのは……。

なんと講談社は震災直後、私の事務所に連絡をくださっていたそうです。「佐伯先生、復興支援に協力いただけないでしょうか」と。ところが「佐伯は年齢がいっていますし、ボランティアには興味がありません」とマネージャーに断られたと……。

そう、「彼女」は私に相談なく、勝手に支援のお話を断っていたのでした。なんということでしょう……。

「なぜ？　なぜ、そんなことを……」

悔し涙があふれて止まりませんでした。もし知っていたら、何をおいても駆けつけたのに……。

しかし過去は取り返すことができません。私は当時、協力できなかったことを心から詫《わ》びました。以降、毎年1〜2回、東北地方での応援講演を続けています。

## プレーイング・マネージャーになる難しさ

序章で述べたように、私は2004年に「株式会社チズコーポレーション」を設立。サロンの売り上げの管理や、私自身の仕事のマネジメントはこの会社で行っていました。

しかし、ローションパック用のコットンの販売や、化粧品やタオルグッズの製造販売、さらにはお茶関連の商品プロデュース・販売などを手掛け始めたことで、物販・通販関係を仕切る必要が生じ、銀座に出る2年前の2006年、物販のための新会社を興《おこ》していました。資本金300万円は、私個人で出資しました。

物販会社には、夫のアメリカ転勤にともなって2年間ほど暮らしたカリフォルニア州の都市の名前をつけました。サンフランシスコから車で30分ほどの郊外にあり、私と夫の思い出がつまった地です。

当時の私はあまりにたくさんの仕事を抱えていたので、物販会社については代表として名前だけを連ね、社長を「彼女」に委《ゆだ》ねるつもりでした。

何ヵ月もお待ちいただいているサロンのお客様のお手入れに加え、スクールでの指導、どんどん広がる出版の依頼、テレビやラジオの出演から、全国各地の講演……毎日、目いっぱいで、これ以上、何かを抱えるのはとても無理だと思ったからです。

ところが、「彼女」は、自分は社長をやりたくない、男性のほうがいいと言って、私の加圧トレーナーだった男性を推《お》してきました。

結局、その「彼」が社長、「彼女」が副社長になりました。

しかし――「彼女たち」に会社を任せた決断が、のちに致命的な結果を呼ぶことになろうとは、そのときは夢にも思いませんでした。

やがて扱う商品が増え、在庫の置き場にも困るようになっていきました。そこで、物販会社の事務所を、最初はサロンと同じ銀座8丁目にあるビルのワンフロア、その次には銀座から少し離れた築地に構えることになりました。すると、「彼女たち」はもっぱらそこに詰めるようになり、私がいる銀座のサロンにはあまり顔を出さなくなっていきました。

事務所の引っ越し費用と、最初の移転先ビルの家賃は全額、チズコーポレーションが負担しました。築地のほうの事務所では、少人数制の教室も開くという話だったので、家賃70万円の半分は、チズコーポレーションで支払っていました。

しかし、そこは事務所用の小さな部屋がひとつあるだけでした。

結局、教室の話はいつしか立ち消えになり、残ったのは月々の家賃の支払いだけでした。

## 化粧品を作るまでの葛藤

オリジナルの化粧品販売についての説明もしておかなければなりませんね。

私はずっと、「自分の化粧品だけは作らない」と公言してきました。

自分の化粧品を作ってしまえば、美容アドバイザーとして公平な意見を言えなくなる恐れがあります。それに、化粧品の開発はとても大変なことを知っていたので、中途半端にはできません。

だったら、いろんな化粧品を自由に試して、自分に合ったものを選んでもらったほうがいいと、ずっと思っていました。サロンのお客様にも、「あなたにはこのブランドのこの化粧品がいいですよ」と助言してさしあげられますし……。

もうひとつ、自分の化粧品を作ってしまったら「商売」になってしまう、ということがありました。

私は化粧品メーカーの現場で、そのお客様には必要のないものでも、口先だけで上手に言って売りつける様子をずっと見てきました。だから、そういうのはもうコリゴリ、という思いがありました。

オリジナル化粧品開発のお誘いは山ほどあり、「1億円出すから化粧品を開発しませんか」と言ってくれたところもあったけれど、すべてお断りしてきました。

本当に儲けるつもりなら、そういう話に乗って大々的に展開したはずです。

その私が、自らの禁を破ってオリジナル化粧品を開発した。

それにはふたつの大きな理由がありました。

ひとつはお客様の声です。日々、お客様のお手入れをするにあたって、どの方も「ここで使っている化粧品が欲しい」とおっしゃるのです。

私のサロンでは、私が責任を持てるものだけを使いたいということで、サロン専用化粧品を特注して使っていました。施術にはスチーマーを使うため、蒸気によるクリームの乳化具合や汚れの浮き上がりなども計算して作った化粧品です。

お客様に販売するつもりはまったくありませんでしたが、みなさん口々に「それを売って欲しい」「こんないいものをなぜ売ってくれないのか」と問われるのです。

私はずっと、「化粧品は使い方次第」「お金をかけずとも、ちょっとした工夫で誰でもキレイになれる」と主張してきました。

でもやっぱり、みなさん「まずは化粧品」という〝化粧品信仰〟が根強くあるのですね。それは否定できません。


中にはこういう方もいました。100円化粧品でローションパックを続けたら、お肌がすごくキレイになったと言って、とても感謝されました。

でも、100円の化粧品ですからアルコールが入っていますし、製剤も安いものを使っているわけです。アルコールは蒸発するときに皮膚の水分を一緒に奪ってしまうため、化粧品には不要というのが私の理論です。

「先生、アルコールが入っていないものを使ったら、私はもっとキレイになれるのかしら?」

「うーん、そうねえ……」

返答に詰まってしまいました。

「やっぱりアルコールは入っていないほうがいいけれど……」

「だったら、そういうものを先生が作ってくださいよ」

また言葉に詰まる私。

やはり、「こういうものがいいですよ」と、ひとつの方向性を示すという意味でも、自分の化粧品を開発したほうがいいのかしら、と悩むようになりました。

## 残された時間と社員への責任

化粧品を開発したもうひとつの理由──それは、「自分の残り時間」を考えたからです。

私がこの世を去った後、佐伯式美容法はどうなるのか、会社はどうすればいいのか。

チズコーポレーションと物販会社の2社があり、そこで働いてくれている人に対して、私は責任があります。そんなとき、

「あなたが死んだ後、私たちは何で食べていけばいいの？　あなたには責任があるでしょう」

物販会社の社長・副社長である「彼女たち」から、そう強く説得されました。

私は「責任」ということを言われると、とても弱いのです。

事業を広げるだけ広げて「はい、さようなら」というわけにはいきません。残ったスタッフの生活を考えなくてはいけない……。そう思うようになりました。

当時、とある著名な美容家が急に亡くなり、その方の名前がなくなってしまったことで、残された会社は大変なことになっているという話も引き合いに出されました。


ここに至って、ついに私は自分の化粧品を作る決心をしました。

サロンで使っていたものをベースに、スチーマーを使わない環境や体温でどのように浸透していくかを考え、どうせなら容器にもちょっとこだわって……。


こうして完成したのが「ＣＨＩＺＵＢＹ（チズビー）」という化粧品でした。

「チズビー」と名づけたのにはふたつ理由があって、ひとつには「チズ美《ビ》」。そしてもうひとつは、主語によって変化する英語のＢｅ（ビー）動詞を、「あなたのお肌が変わる」ということになぞらえて「チズビー」としました。

当初作ったのは、アルコールフリーの化粧水とクレンジングとマッサージクリームの3品。その後、お客様のご要望に応えるかたちで、私が理想的と思うスクラブ入り洗顔料を作りました。

最低限の商品だけで十分と考え、大きく宣伝して売るつもりもありませんでした。

## 失ってわかる大切な人のこと

話は銀座に戻ります。

そうこうするうちに、スタッフがひとりふたりと辞めるようになりました。

スクール講師、サロンのスタッフ……。

いろいろな人が入れ替わり立ち替わりやってきては、「彼女たち」との折り合いが悪く、「これ以上続けられない」と訴えるのです。

当時の私には、何かの行き違いだとしか思えず、「もう一度話し合ってみて」「誤解があるのではないかしら」と必死に間を取り持とうとしました。

しかし「調停」はことごとくうまくいきませんでした。

中でも、とても実力のあるスタッフが「彼女」と衝突して辞めたときは、本当につらいものがありました。

私は、その人になんとか思いとどまって欲しくて、「なぜ辞めるの。しばらく休んでいいから、もう一度出てきてくれないかしら」と一生懸命に慰留しました。けれど、「もう無理です」と固辞《こじ》されてしまいました。

私はただ謝ることしかできませんでした。

『彼女』はああいう性格だから、あなたとは合わなかったかもしれないわよね。本当に申し訳ない……。最後に1ヵ月分のお給料を出すわね」と伝えると、「はい、わかりました」と言って……。それが最後でした。

そして信頼していた営業担当者も……。

彼は、大手メーカーに勤めているときに仕事で私と出会い、私と一緒に働きたいという一心で会社を辞め、物販会社の営業スタッフとして入ってくれました。常に会社のことを考え、私に対してもとても誠実な人でした。そんな大切な人も、私は失いました。

さらにもうひとり、スクール運営のためにいろいろと企画を考えてくれた指導員。彼は生徒集めが苦しいとき、夜学や美肌塾の開講を提案してくれました。本当に私を助けてくれた人です。

「先生ね、最後に言うけれど、だまされていますよ。『佐伯チズ』の名前ごと持って行かれてしまいますよ。これを私たちの遺言と思って欲しい」

こうハッキリと言われました。

みんな、能力があり、人柄もすばらしい人たちでした。私はそんなかけがえのない人たちを次々と失ってしまったのです……。

## 欲しかった「支え」となる人

それなのに、私はここに至ってもまだ「彼女たち」を信用していました。

組織なのだから、必ず人の合う合わないはある。ふたりに物販会社の経営とマネジメントを任せている以上、私が上から口出しをすることは慎《つつし》まなければならない、と思っていました。

あのとき、有能なスタッフをむざむざ辞めさせることなく、なぜ原因だと名指しされる

「彼女たち」のほうを辞めさせなかったのか……。なぜもっとスタッフの言葉に真剣に耳を傾けなかったのか。なぜ

言い訳になってしまいますが、自分のごく身近にいて信頼を寄せている人を疑うのは、とても難しいことです。なぜなら、それは自分自身を否定することでもあるから。

誰しも自分を信じたいのです。自分の失敗を認めたくないのです。まわりがいくら忠告しても素直に聞けなかったり、見て見ぬふりをしたりしてしまうのです。

人の意見はいろいろあります。私も含めて、完全な人などいません。そう思っていましたし、思いたかったのです。

でも、今ならわかります。心の奥の直感のアンテナがわずかでもマイナスに振れたら、一度、立ち止まってみるべきなのです。

あのとき、私がもう少し自分の心に意識を向けていれば、まわりの声を聞き入れていればと思うと、悔しさがこみ上げてきます。

今となっては、みんなに責められ反省するばかりですが、当時はまったくそんなことは考えられませんでした。

佐伯チズの跡を継いでもらうのは「彼女」しかいないと、当時の私はかたくなに思い込

んでいたからです。

なにより、当時の私は、日々のスケジュール管理を「彼女」に一任していました。サロンでのお手入れの日程やスクールの時間割調整はもちろん、メディアからの問い合わせまで、直接「彼女」に連絡が入る仕組みでした。私ひとりでは、明日どこへ行ったらいいのか、何をしたらいいのかもわからない……。

そんな状態でしたから、どうしても「彼女」が必要でした。

60歳で独立したときは、会社を作る気などまるでなく、サロンも自宅だけで細々とやっていこうと思っていたのに、急に全国に名前が知られ、事業は成長する、ローンも次々と組んでいく、美容学校の生徒は300人にもなった――。

どんどん話が大きくなる中で、私の責任もいやがうえにも重くなっていきました。

スクールも、生徒を卒業させたらそれでおしまいというわけではありません。そこから就職の面倒を見たり、定期的に技術のチェックをしたりといったことも必要です。

責任と重圧がのしかかってくる中で、どうしても私の仕事の一端を担ってくれる人が必要でした。というよりも、支えてくれる人が欲しかった。

仕事は待ってくれませんし、増える一方でした。新しく誰かを連れてくるなんて、考えることもできませんでした。

## 誤った「二人三脚」の相手

働けど働けど、どんどん膨《ふく》らむ借金。重くのしかかる家賃……。

やはり銀座から撤退するしかない――。

さすがの私もそう決めました。

ところが、それを告げたとき、「彼女」はこう言ったのです。

「古稀のお祝いは銀座にいる間にやってあげたい」

まあ、なんとかわいいことを言ってくれるのかと、私は思わずにっこり微笑んでいました。そんなことを言われたら、誰だってうれしいですよね。

そう、私の70歳の誕生日が近づいていました。

私はこの言葉にすっかり感激してしまい、だったらもうちょっと銀座でがんばってみよう、と思い直しました。

そして迎えた2013年7月。私の古稀のお祝いをグランドハイアット東京で盛大に開いてもらいました。

当時、私は芸能プロダクション「アミューズ」に所属していたので、事務所関係者の方やテレビでご一緒した芸能人の方々にも登壇いただいたりして、それはそれは華やかな会になりました。

司会は元局アナで、タレントとして活躍している著名な方でした。

「それでは、発起人のみなさまにお祝いの言葉をいただきます!」

司会者の声を合図に、ステージ上に10人ほどがバーッと並びました。

「え?」

私は内心、驚きました。

だって10人のうち、私の知っている人は4人しかいないのです。

残る6人は雑誌の方、美容ライターの方と、それぞれに名のある人であっても、私の直接の知り合いではない。要は、「彼女」の知り合いだったのです。

そのためか、祝辞の多くが、私と「彼女」との「二人三脚」を称えるものでした。「彼女」がいたから「佐伯チズ」が完成した――そういうふうにも聞こえました。

もちろん、「彼女」には多くを一任していたし、頼りにしていた部分があります。でも、やはり違和感はありました。

祝いの席ですから、表情に出さないよう笑顔で舞台に上がってはいたものの、心の中ではなにか濁《にご》った水が渦《うず》を巻いている、そんな感覚がありました。

## 忘れられない屈辱

「えっ、また1億円がいるの?」

思わず私は大きな声を出してしまいました。古稀のお祝いからしばらくたった日のことでした。

「また」という言葉が出たのには理由があります。

私はその時点ですでに、チズコーポレーションに対して、個人のお金で2億円以上を出資していたからです。

また、銀座に進出するとき、チズコーポレーションは銀行から1億5000万円の融資を受けていました。融資はすべて私の連帯保証で受けていました。

銀座の家賃も高額でしたから、やりくりは大変でした。

途中で資本金を増資しなければいけないという話になり、そこで個人のお金の1億円を出したのです。資本金を増やさないとローンが組めないからという理由でした。

ところがその1年半後に、また1億円を出すようにと言われました。そのときも同じ理由でした。とにかく資本金を増額しなければいけない、という話でした。

経営に関することにまったく疎《うと》い私は、言われるままに個人のお金を出しました。

「出資するということは、個人のお金が会社に移動するだけだろう」というぐらいにしか思っていなかったのです。

ところが、こうして2億円を出してもまだ足りず、「もう1億円」と言われたのです。

億単位のお金がヒュンヒュン動く。急な展開に、私はとてもついて行けませんでした。

そのお金が何に使われているのかもわかりません。

すでに個人の資金を2億円以上出していましたから、さすがにもう現金もありません。

しかも、この2億円の使い途は不明のままです。

ところが「彼女」は、佐伯チズ個人の現金がないのならば、今度は私の名義で1億円を借りるというのです。

目の前が暗くなりました。

「なんでまたお金が必要なの？」

「いや、借りられるときに借りておかないと」

何が何やらまったくわからなかった。

私は借金が大嫌いな人間です。借りずに自己資金で済ますことができるなら、それに越したことはないと思って、個人のお金をすべて会社に注いできました。

それなのに、この年齢でまた新たに1億円の借金を背負うなんて。

「私はもう70歳なのよ。今から借金を負わなきゃいけないの……？」

いくら心身ともに元気な私でも、さすがに弱音が出ました。

向こうの言い分はこうでした。私が銀座にいつまでも固執するから、経費がかさむ。融資を受けないと経営がやっていけない……と。

私にすれば、一日も早く撤退したかったのに、「古稀のお祝いは銀座で」と言われて残ることにしたわけです。それを言ったのはあなたでしょう、という思いがありました。まあ、そこは「言った、言わない」の話になるかもしれません。

「1億円を借りて、払えなかったらどうするの？」

そこで言われた一言は一生忘れられません。

「払えなかったら自己破産すればいい。それに、大阪の家を売ればいい」

「自己破産」と簡単に言いますが、私は「信用」と「腕一本」で生きてきました。そんな人間に対して「自己破産すればいい」なんて、どれだけの侮辱《ぶじょく》でしょうか。

大阪・堺《さかい》にある家は、私と主人とで買った思い出の家です。建物は古くなっているけれど、土地が100坪以上あり、広々としてとてもいい場所にあります。短いけれど、夫と暮らした幸せな日々がつまっています。

夫の死後も、人に貸すこともせず、ずっと当時のままにしてありました。東京に居を構えた後も、あの家に帰って玄関のドアを開くだけで、「あの頃」にタイムスリップできる、私にとって大切な大切な場所なのです。

それを誰よりもよく知っていながら、「売ればいい」などと、どうして口にできるのでしょうか。

しかも信じられないことに、「彼女たち」はその大阪の家がどのくらいの値で売れるか、すでに査定までしていたらしいのです。

「先生ね、だまされていますよ。これを私たちの遺言と思って欲しい」

辞めていったスタッフたちの声が私の脳裏に甦りました。

## 銀座からの撤退

結局、銀座のビルからは、2015年7月に撤退することになりました。

残ったのは、撤収にかかった費用と、契約満了前の退去に伴う多額の違約金です。

「彼女たち」の態度は、出たいなら自分で払えば、という感じであるように私には見えました。そこで私は、現金で全額清算することにしました。

ただ、このとき、私に未練や無念の思いはなく、むしろさばさばした心境でした。

銀座に進出したいという夢が一度はかなったのだし、自分のゆるぎない理論と技術があれば、どこでもやっていけるという自信がありましたから。

私はいつも前を向いて、「これからどうするか」ということで頭がいっぱいでした。まだまだやりたいこと、やらなければならないことがいっぱいあります。

思えば、「このときの私」はまだ幸せでした。

「やるだけやったのだから」という、スポーツ試合の後のようなスッキリした気持ちで、それから起こるもっと恐ろしいことを知らなかったのですから……。

## 「裸の王様」と化していた

私の推測に過ぎませんが、「彼女たち」は、銀座のサロンもスクールも縮小方向に持っていき、最後は閉鎖して、物販会社だけに専念したかったのかもしれません。

だからわざとスタッフにもきつく当たったりして、居心地が悪くなるよう仕向けたり、スクールの生徒募集も、スタッフが辞めたあとの人員補充もしなかったのだと思います。

「彼女」にとっては、サロンのスタッフも目障《めざわ》りだったのかもしれません。

スタッフたちは美容学校を出て、私のスクールで学んだプロフェッショナルです。美容を専門的に学んでいない「彼女」にしてみれば、自分より知識や経験があって、美容の仕事ができる人は、目の上のたんこぶのような存在だったのかもしれません。

私は撮影や出張などの仕事が目白押《めじろお》しだったこともあり、スタッフと接する機会が激減していましたが、それ自体は気にしていませんでした。

しかし今思えば、そうしたことも「彼女」がコントロールしていたのかもしれません。

私は自分がだんだん孤立していっていることに、まったく気づかず……。われながらあきれるばかりです。

自分のほうからもっとスタッフに歩み寄ることはできたはずなのです。「会話をすることで、相手の考えを聞くことが大切」と人様の前でお話ししていながら、私自身が実践できていなかった。

そうして、しだいに私のまわりに苦言を呈《てい》してくれる人がいなくなってしまいました。

まさに「裸の王様」です。

今思えば、自分が「耳が痛い」と思える忠告にこそ、耳を傾けるべきだったのです。

## 薬九層倍

しかし、なぜ「彼女たち」はそこまでして物販にこだわったのでしょうか。

単純な話、儲かるからです。

「薬《くすり》九《く》層倍《そうばい》」という言葉があります。薬は原価の9倍で売れる。やりようによって、いくらでも荒稼ぎができるというたとえです。

化粧品も薬と同じで「九層倍」のできる商売です。

有効成分がちょっぴりのものでも、いろいろ混ぜて量を増やして薄め、素敵な容器に入れ、大きく宣伝をすれば高額で売れる。

もちろん、こういう時代ですから、「作ればなんでも売れる」というわけではありませんが、私の名前で作れば、多少は宣伝効果も期待できます。「佐伯チズ」の名を冠した化粧品を作り、借金も私に背負わせて、おいしいところだけを持っていける――そう考えたとしても不思議ではありません。むしろ、商売として考えれば、それもありでしょう。

私の一方的な見方かもしれません。向こうにも言いたいことはあると思います。

でも、真実はひとつです。


また、向こうには別の「意図」もあったと思います。

実は、新しい化粧品の開発の話が出ていたのです。

化粧品業界としては、画期的な新しい技法、抗糖化《こうとうか》技術を使った化粧品です。

本当にその技術が開発できれば……の話ですが、そうなれば「佐伯チズ」の名前がなくてもやっていける、と算段したのではないでしょうか。

化粧品の開発には相応の資金が必要です。確かめる術《すべ》はありませんが、そこに私が借金をしたチズコーポレーションのお金を回していたのではないかと思われます。

そうでなければ使途不明の2億円の説明がつきません。


ひとつの事実として、その物販会社はいつの間にか、「チズビー」以外にローションや美容液、クリームなど、次々と商品を増やしていきました。これらには私はいっさい関与していません。

後述しますが、この物販会社から、私はやがて手を引くことになります。

佐伯チズの化粧品を売るために自己資金を出資して設立した会社が、佐伯チズ本人から離れていき、佐伯チズ本人のまったくあずかり知らないところで無関係な化粧品が次々発売され、佐伯チズの「チズビー」と一緒に売られる。

理由はどうあれ、お客様に誤解を与えかねない、不誠実なことを始めたのです。それを知ったとき、私は胸が掻《か》き毟《むし》られるような思いでした。

「技術と心で女性をキレイにする」という旗印《はたじるし》のもと、最初はみな同じ船に乗って漕《こ》ぎ出したはずでした。でも、いつしか目的地が違ってしまっていたのです。

複数の「乗組員」がいる船は、互いに目標を確認する時間と努力を惜《お》しんではいけないのだと学びました。家族でも企業でも、これはいえることかもしれません。

船頭の思惑《おもわく》だけでは、大きな船を動かすことはできないのです。

## 「専門家もどき」に一言

「彼女」はやがて、「マネージャーの仕事はもうやりたくない」と言い出し、だんだん私のそばに寄りつかなくなっていきました。

何をしているのだろうと思いつつも、私は目先の仕事に追われ、黙認してしまっていました。

そんなとき、毎年、年末に出版社から送られてくる「支払い証明書」が届きました。

いつもはざっと見るだけですが、その中に仕事をした覚えのない雑誌名がありました。

驚いて問い合わせてみると、「いや、マネージャーさんにうちの雑誌で連載をお願いしていますよ」と言うのです。

聞けば、当初は私に依頼があったのを「佐伯は忙しくて書けない。私が書きます」と言って、「彼女」が自分の名前で連載をスタートさせていた、というのです。

同様のことがテレビの仕事でもありました。恐らく一件や二件ではなかったと思います。

もともと私のマネージャーだったのに、「マネージャーはもうやりたくない」「物販会社の社長もやりたくない」と言う。ではいったい何をしているのかと思えば、こういう話が出てくる……。

どうやらそこには、ひとつの狙《ねら》いがあったようです。

「彼女」は私の二代目として「佐伯式」を継ぐのではなく、美容アドバイザー、美容ライターとして、自分の名前で仕事をしたかったのでしょう。そこで「佐伯チズの二代目を」と願う私との間に、齟齬《そご》が生まれてしまったのだと思います。ここも私が確認していなかった部分でした。

自分の名前を売り出すチャンスをつかみたい。だからこそ、私への仕事の依頼をブロックする必要があったのでしょう。

そう思い至ったとき、「あっ！」と合点《がてん》がいきました。

私の古稀のお祝いの日。あの日、発起人として壇上に上がった10人の方々のうち、私がよく知る人は４人のみで、あとの６人は直接知らない人。

あのとき壇上に上がった方々は、「彼女」がこれから縁《えん》を作っておきたいメディア関係の人たちだった、と考えたらどうでしょう。つじつまが合います。

といっても、私は「彼女」がメディアに出ること自体を否定するつもりはありませんでした。相手から能力があると見込まれ、依頼され、それに応えるのは、なにより私自身がやってきたことです。彼女がそれを踏襲《とうしゅう》してくれるなら喜んで譲《ゆず》ります。

問題は、「彼女」がきちんと美容理論を習得していない、という点にあるのです。

確かに、二代目になるために必要と考え、私は常に「彼女」をいろいろな場所へ同行させてはいました。でも、それは私のそばにいて、スケジュール管理やメディア対応をしていたというだけ。それで「佐伯チズに師事した」といって「美容アドバイザー」として売り出せるほど、世の中は甘くありません。

これは「彼女」に限った話ではありません。

ちょっと苦言を述べさせていただくと、世の中に「美容家」「美容ライター」「美容アドバイザー」などと名乗る人たちはたくさんいます。しかし、その中で果たしてどれだけの人が「専門知識」を身につけているといえるでしょうか。

ちょっと化粧品に詳しい、ちょっと美容に興味がある、という「趣味」の域を超えないレベルの人が「美容家」を名乗り、無責任に化粧品やスキンケアのアドバイスを人様にしたりするのは、危険なことだと思います。

私のような美容学校を出た美容師は、皮膚医学や生理解剖論、香粧品化学などをきちんと学び、試験を受けて美容師の国家資格を持っています。だからこそ、お客様に施術ができるし、適切なアドバイスもできるわけです。

ところが、プロでもなんでもない「自称・美容家」が無責任な発言をすることで、被害が出たらどうするのでしょうか。

美容の世界で「人にアドバイスをする」「人にものを教える」ということが、とても軽く扱われていることを危惧《きぐ》しています。

この仕事は人の健康、人の命を預かることだと私は常々思っています。だからこそ、いい加減なアドバイス、発言などとてもできません。

これはメディアにも責任があると思います。専門知識がなくても、読者や視聴者ウケがいい人をアドバイザーとして起用するのは、無責任なことではないでしょうか。

## 「想い」でビジネスはできない

そもそも、定年退職して初めて本を出版することになったとき、私には「自分を売り出したい」などという気持ちはみじんもありませんでした。

名前が売れるとかそんなことは本当にどうでもよくて、ただひたすらに私の美容法を世に広めたい、世の中の女性に間違った美容法に惑《まど》わされず、正しいお手入れでキレイになってもらいたいという、その一心でやってきました。

その意味で、すでに出発点から「彼女」とは噛《か》み合っていなかったのかもしれません。私は自分の美容法を便宜《べんぎ》上、「佐伯式」と呼んでいるだけで、名前にもこだわっていませんでした。

本がベストセラーとなり、ローションパックが世に広まるとともに、私の名前はひとり歩きを始めました。私にとっては予想もしなかったことでした。

気がつけば自分でも怖くなるほど、「佐伯チズ」という名前がビジネスとして大きな利権を呼び、私はまるで不可抗力のように、その渦に飲み込まれてしまっていました。

私は、「お客様をキレイにしたい」「誰もがキレイになれるという『佐伯イズム』を日本に、そして世界に広めたい」という純粋な気持ちしかなくて、「お金を儲けてやろう」とか、「名前を売ろう」などとは、これっぽっちも考えていませんでした。

それなのになぜ、こんなことになってしまったのでしょうか。

最近は、名刺代わりに、自己プロデュースのために本を出したがる人も多いと聞きます。でも、私にとって本を出すのは、私が40年近くかけて培ってきた美容理論で、多くの人にキレイになっていただきたい、ただその想いを伝えることだけが目的でした。

……ため息が出ます。「想い」だけでは、「ビジネス」はやっていけないものなのですね。私はあまりにも世間知らずでした。

## 「佐伯チズ」はこの私、ただひとり

銀座からの撤退を決めたあと、私は「チズビー」を扱う物販会社から手を引くことになりました。

手放す前、会社を私に売ってほしいと、「彼女たち」に頼みました。

物販会社の代表取締役社長、副社長をふたりが任じている以上、会社を取り返すためには、「譲ってもらう」しかありません。弁護士を入れての話し合いとなりました。

最初、向こうは「7000万円で売ります」と言ってきました。

私の頭には「?」がいっぱい点灯です。

自分が300万円の出資をして作った会社なのに、7000万円も出して買い取ることを求められる……。

「彼女たち」の言い分はこうでした。

まず、化粧品の在庫が3000万円分以上ある。そして私が最初に金融公庫から借りさせられた1000万円、さらに「彼女たち」がした借り入れが3000万円以上ある。よって、すべて合わせて7000万円だと。

化粧品については、私が作った4商品（化粧水、クレンジング、マッサージクリーム、スクラブ洗顔料）以外に、前述のように「彼女たち」が自ら付け加えた商品があります。「3000万円分の在庫」の中には、「彼女たち」が発注して作ったものも含まれているはず。

私の関知しないところで作られ、発注されていた化粧品の在庫を私が買い取るなんて、とても納得できるものではありません。

それに、在庫分の3000万円というのは、「売値」なわけです。「だったら原価で買いましょう」と譲歩したのですが、向こうは主張を決して曲げず、話し合いは決裂。

「あなたがこの価格で買わないのならば、化粧品はディスカウントして叩き売ることになりますよ」

こうハッキリと言われました。

あれだけ「自分の化粧品を作らない」と明言していた佐伯チズが、化粧品を作っただけでも非常に悩ましい決断でした。それが格安で安売りされるなんて、どれだけ私という人間にとってダメージになるでしょうか……。

そう言えば私が動揺して買い取ると見込んでいたのかもしれません。でも、そのときの私にはもう、反論する気力も、買い取るだけの資力も残されていませんでした。

「どうぞ、化粧品はあなたたちの好きにしてちょうだい……」

私は力なく、そう伝えるしかありませんでした。

結局、物販会社は、私の供出した資本金・資産とともに、私の手を離れていきました。資産とは、私の化粧品ばかりでなく、登録商標、サーバー、そしてお客様情報も、です。「佐伯チズ」に関する登録商標は60本以上あるのですが、そのうち50本ほどを失ってしまいました。

私は自分の会社だと思っていたから、「佐伯チズ」も「チズ佐伯」も物販会社で登録していたのです。

私はこの世でたったひとりの「佐伯チズ」なのに、もうこれからは「佐伯チズ」の名前を使った商品を出すことができない。こんなおかしな話があるでしょうか……。

経緯はともかく、読者のみなさんは、なにより私の脇の甘さにあきれておられるのではないでしょうか。私も書いていて情けなくなってきます。
「第二の人生」の終盤にさしかかった時点でこういう事態になって、本当に高い授業料を払った人生勉強だったという気持ちです。

ちなみに、このとき「彼女たち」に言われるままに「チズコーポレーション」で借り、結局何に使われたのかわからないままのお金は、その後、私が返済しました。支払いが終わったのは、本当につい最近のことです。

## それでも化粧品を売り続けたわけ

こうして私は会社も、「佐伯チズ」の商標も、顧客データも失ってしまいました。
しかし、その物販会社や残された化粧品を「もう私とは関係ありません」とできない理由がありました。

それはお客様のこと。一連のできごとで、なにより私が心を痛めた点でした。

お客様はこうした事情など何ひとつ知りません。しかし、顧客データを失った私には、お客様に連絡する手段がないのです。

私の名前で出している化粧品、私を信じてずっと買い続けてくださっていた化粧品です。お客様はこれからも買い続けてくださる可能性が高いのです。

それなのに、ある日突然、「私はもう関係なくなりましたから」などと知らんぷりができるものでしょうか。


悩んだ末、私は物販会社が自分の手を離れたあとも、私の名前を冠した化粧品「チズビー」を売り続けることにしました。

もちろん、私には一円のお金も入ってきません。すべては私を信用してくださっているお客様のために、何がベストかを考えてのことでした。


とにかく、佐伯チズの化粧品である「チズビー」を早く売り切ってしまうこと。そのうえで、私自身が別途、新しい化粧品を開発して、「こちらに移行しました」と大きく発表すること。そうすれば、連絡の手段のないお客様も気づいて切り替えていってくださる。

また、在庫がなくなれば、さすがにあちら側も佐伯チズ本人が関与しない新しい「チズビー」商品を出すことはできません。佐伯チズと物販会社をつなぐものはなくなります。すべてのごたごたはお客様にはいっさい関係ないことですから、この方法が一番いいと考えました。

ですから、サロンで販売するのはもちろん、講演会でもセットを作って売りました。ただただ、早く在庫がなくなって欲しい、という一念でした。

## 決別のとき

「マネージャー」がイヤだと言って仕事をしなくなって丸3年が経ったとき、私のほうから「彼女」に「退職願を出しなさい」と告げました。その頃にはもう顔を合わせることもなくなっていましたが、籍はまだチズコーポレーションに残っていたのです。

そして、カフェで簡単な「退職願」を受け取りました。

「あなた、これからどうするの？」

たずねる私に、

「適当にやるわよ」

そう答えたきり去っていきました。これが「彼女」との最後の会話になりました。

そこからがすごかった……。

「彼女」がやったこと、言ってきたこと、「彼女」のところで止められていたあらゆること、すべての情報が一気に私のところに集約されてきたのです。それまでスタッフのみんなは、私と直接話すことを、「彼女」によって禁じられていたようですから、無理もありません。

残っているスタッフは堰《せき》を切ったように、今までのことを報告してくれました。

上司である私やお客様の前ではニコニコしていても、私の目の届かないところでは、内部・外部の人たちに対して、高圧的で失礼な態度を取っていたようでした。

私はスタッフたちにたずねました。

「なぜ、私に言わなかったの？」

「ごめんなさい、私たち、言えなくて……」

目に涙をためるスタッフたちを前に、私は言葉を失いました。

そこでやっと、私が聞き流してしまっていたこと、私が知らなかったこと、その断片がジグソーパズルのように組み合わさって、ひとつの絵が見えてきたのです。

物販会社を作ったこと、しぶる私に化粧品を作るよう説得したこと、社名を変えるように言ってきたこと、「彼」とふたりで築地の事務所にこもるようになったこと、私に裏書をさせて多額の融資を取りつけさせたこと……。

すべてがひとつの流れの中で行われていたことだったのでしょう。そうとしか思えないのです。

まわりの人たちがあれほど忠告してくれていたのに、私が聞く耳を持っていなかったのです……。反省してもしきれません。

## 灯台下暗し、近すぎた関係

情けない話ですが、私は美容についてはゆるぎない自信がありますが、数字や金勘定とかパソコンとか、そういうことはからきしダメ。他人に任せきりにしていました。

信用し切って、あろうことか、会社の実印までも「彼女たち」に預けていたのです。

今となっては、本当に浅はかで馬鹿な行動だったと、悔《く》やんでも悔やみきれません。

決算書も見ていなかったし、報告を受けても「はい、はい」と流すだけ。のちにちょっとおかしいと思うようになってからは、1年ぐらいは売上報告書だけは見せてもらいましたが、見たからといって、それを精査できるわけでもなし。

しかも報告書が出たのはチズコーポレーションのほうだけで、物販会社は完全なブラックボックス状態でした。銀行口座も、知らないうちにネットバンキングに移行されていたため、私にはお金の動きが皆目わかりませんでした。

最近はこうしたパソコンやインターネットが使えることを前提に、いろいろなサービスが提供されているように思います。便利になったといわれますが、デジタル系が苦手な私のようなアナログ人間にとっては、逆に不便に感じることも多いです。

こんな時代だからこそ、私みたいな人間をあざむくのは、赤子の手をひねるより簡単なことだったと思います。

おまけに、私は一度信じたら疑うということをせず、とことん任せてしまうお人好しなところがあります。それは「相手も自分と同じ考え方をするだろう」という思い込みからきているのだと思います。

私は、人をだまそうとか、陥《おとし》れようとか、生まれてから一度も考えたことがありません。嘘なんてつけないし、嘘が大嫌いな人間です。

クリスチャン・ディオールに勤めていた会社員時代は、ずいぶん上の人とケンカもしました。「あの人はホントにもう！」と恨《うら》めしく思ったこともあります。けれど、その人に対して仕返しをしようとか、損害をもたらしてやろうなんて夢にも思いません。

人は、自分の常識にないことは理解できないものですね。

信じて、可愛がって、相手のためにと思ってやってきた、少なくとも私はそのつもりでした。それを裏切って、弱みにつけ込んで、根こそぎ持っていこうなどという恐ろしい考えは、どこから生まれるのでしょうか。


「彼女たち」には「彼女たち」の言い分があるでしょう。

お客様のためを考え、仕事上で厳しいことを言う私が煙《けむ》たかったかもしれません。「彼女たち」の上司として、至らない部分も多々あったことと思います。

それにしても、ここまでの仕打ちを受けることを私はしたのでしょうか。恨みを買うようなことをしたというのでしょうか。

世の女性をキレイにしたい、笑顔になってほしい。ひたすら、それだけを考えて、まっすぐに生きてきたはずなのに――。

私はどんなに本が売れようと、テレビに出ようと、内面はまったく変わっていないつもりでした。

前述のように、名前が売れてから、私のところには「おいしい話」「儲け話」が山のように来ました。下心を持って近づいてきた人もいっぱいいました。お金なんか全部使ってしまって残っていないのに……。

そういう話はすべて断ってきたけれど、もっとも近くにいたはずの「人」のことだけは見定めることができなかった。

灯台下暗しとはいうけれど、あまりに距離が近すぎたからかもしれません。

ここまでが私の辿《たど》った「夢がさめるまで」のお話です。

# 第2章

# 70歳から人生、返り咲き

## 立ち上がる力を失って

銀座からの撤退、信頼していた人たちとの決別、物販会社を失ったショック。

激動の２０１５年が終わり、明けた２０１６年のお正月。


私は寝込んでしまっていました。


あまりにショックで、悔しくて、悲しくて……。

ブルブル震えるぐらい、腹が立って……。

39度の高熱が出て、うなされるように８日間を過ごしました。お正月は仕事も休みで、気持ちが緩《ゆる》んだこともあったと思います。

力が入らず、立ち上がれなかった。何も食べられず、水も飲めない。あれだけ美と健康のためにと毎日、お水を飲んでいたのに……。


１月６日に、私の仕事をずっと手伝ってくれている従妹《いとこ》が煮しめを持ってきてくれたのですが、彼女、それはそれは驚いたそうです。毎日一緒にいたのに、「別人？」というぐらい、私はやつれて面変《おもが》わりしていたらしいのです。

どれだけの人に迷惑をかけてしまったのかと思うと、もう、やりきれなくて、悲しくて、頭がおかしくなりそうでした。

憎い、腹立たしいというよりも、自分を責める気持ちのほうが強かった。一度は信用して任せたのですから、悪いのは自分です。

著作や講演などで人生論を語る際には、「仕事を続けていくと、人を見る目を養えるものです」などと言ってきました。にもかかわらず、一番見る目がないのは当の私自身。

本当に情けないですよね。

## 縁《よすが》は写真の中の夫

「夫が生きていてくれたら……」

主人の写真を見ながら、頬には我知らず涙が伝っていました。

誰か頼れる人、すがるものが欲しかったのです。

でも私の涙を受け止めてくれる人はもういない。私はひとりで、自分の涙をぬぐわなければなりません。

世の中、女性のほうが平均寿命が長いですから、私と同じように、夫に先立たれるという経験をなさっている方は多いと思います。そう考えると、女性は最後、誰しも自分で自分の涙をぬぐうことになるんですね。強くあらねば、と思います。

世間が新年をお祝いしている中、私は、本当に心身ともに底辺でした。

そんなとき、ふと、お正月のために用意してあったお屠蘇《とそ》が目に留まりました。

「ああ、そうだ、お酒がある」

私は成人するまで水商売の中で育ったため、お酒を飲む女性が大嫌いでした。売り上げのためにお酒を無理にたくさん飲んでお客に媚《こび》を売る仲居さんたちの姿を見て、嫌悪感を抱いていたのです。

だからずっとお酒は飲まずに過ごしてきたのですが、こういうときにこそお酒がいいのではないか、と思いました。酒は百薬《ひゃくやく》の長《ちょう》というぐらいだから、少しなら薬になるかもしれない。

そこでお屠蘇をちょっとなめてみたのですが、普段から飲みつけないので、体が受けつけません。少しぐらい飲めたらよかったのにと恨めしく、また主人の写真を見て涙を流し、ぐったりと床に臥《ふ》せました。

## 適度な距離感が大切

一連のことはすべて私の身から出た錆《さび》。

金銭的なことや契約について人任せにしてしまったこと、人の忠告を聞かず、突っ走ってしまったこと……。すべて、私の不徳の致すところです。

私はどうも、誰にでも心を許して深入りしすぎて失敗してしまうところがあるようです。

とある地方のテレビ局で、応募で選ばれた方のお宅に私がお訪ねするという企画がありました。

何百人もの応募があったそうですが、選ばれたのは40代の女性でした。私の大ファンということで、それはもう大喜びしてくださいました。ところが数ヵ月後、娘さんから連絡があって、その方がくも膜下出血で倒れたというのです。

そういう話を聞くと、私は放っておけません。お見舞いの品物を送ったり、神社にお願いに行ったり、いろいろしていました。

残念ながら、結局その方は亡くなってしまいました。最後は弔電を打って、お花も出しました。

でもこの件で、私はマネージャーであった「彼女」に怒られました。全国に名前を知られている存在でありながら、会った人全員に自分の携帯番号が書いてある名刺を配り、ひとりひとりに個別対応をするのはダメだと。

確かにその通りです。私はその方に誠意を尽くしてそういう対応をしたけれど、では、すべての人に対して同じことができるのか。それは確かにできません。

困っている人を見ると放っておけず、時にはおせっかいなことまでしてしまう。頼まれたら断れない。そういうところは、もしかして私の美徳であるかもしれないけれど、一方では欠点でもあるわけです。

人を思う気持ちも大切だけれども、なんでもかんでも深入りするのではなく、一定の「線引き」をして付き合うことも大事です。

また、そういうことができる年齢にもなっています。

百パーセントでぶつかるのではなく、７割ぐらいにとどめて、あとの３割ぐらいは余裕をもっておくべきなのでしょう。そういうことも学びました。

## お人好しにもほどがある

私はアイデアを思いついたり、そのアイデアを形にしたりするのは得意です。そして、仕事も大好きで、どれだけでも力を注ぐことができます。

ところが、お金には無頓着で、自分が一儲けしてやろうという気持ちが人一倍薄いのです。

これは今に始まったことではありません。

ゲランに勤めていた頃に一度、お客様に頼まれて５００万円の手形の裏書をしたことがありました。手形というものが何なのか、よく知らなかったのです。お得意様でもありましたし、信頼していた方だったので、軽い気持ちでした。

ところがその後、その方は姿をくらまし、５００万円の借金が私の肩に……。

これは困ったことになったと、慌《あわ》てて主人に報告しました。

すると、「それは君の責任だよ。きちんと返済しなさい」と諭《さと》されました。

当時、主人のガンが発覚し、治療に大金が必要でした。入院してからは主人のお給料も3割減となり、家計が大変だったときでした。


常日頃、私は弟子たちに「『諭吉さん』を追いかけて仕事をしてはダメ。お客様の気持ちを追いかけなさい」と、口を酸《す》っぱくして言ってきました。

しかし、この私が貫《つらぬ》いてきた「きれいな」お金との関係は――こう言えば聞こえはいいのですが――経営者としてはダメだったのですね。

もう少し私も、貪欲《どんよく》になったほうがよかったのかもしれません。

「顔は白いが、腹はちょっと黒い佐伯チズ」

それだったらもっと金銭的にも成功できていたかもしれないし、少なくともこんなことにはならなかったはずです。

でも、きっとそれは無理でしょう。


私に裏書させて姿をくらました方は、数十年後、講演会で地方を回っていたある日、突然、私の前に現れました。

「佐伯さん、お久しぶり。ご活躍のようね」

茫然自失《ぼうぜんじしつ》とはまさにこのことです。他人に大きな借金を背負わせて去って行った人が、突然何事もなかったかのように姿を見せて、そのあいさつがこれとは……。

「あなた、いったいどこにいらしたの？　私、あなたの借金を返すのに大変だったのよ」

「あら、私だって大変だったのよ」

二《に》の句《く》が継げませんでした。こんな人を信用してしまった自分が情けない。

彼女の借金はすでに全額、5年がかりで返済していました。主人が言った通り、「私の責任」です。


人にお金を融通《ゆうずう》したのはこれだけではありません。200万円、300万円とお貸し、今計算してみたら、覚えているだけで合計1500万円以上になっています。

「この人だけは大丈夫だろう」と信じていた人が、お金を貸した途端、連絡がつかなくなったということもありました。

こうした過去の教訓を活かせないどころか、さらに多額のお金を失うことになったのですから、お人好しにもほどがあります。

## 祖父の戒め

お正月に寝込んでいたとき、幼い頃に祖父に言われた言葉がふと甦ってきました。

「だまされたとしても人を恨むな。それを見抜けなかった自分の愚《おろ》かさを反省しなさい」

それを思い出して、私は「ああ、そうだった」とひとりごちました。

世の中には、だます人間とだまされる人間がいる。

だます人間は、最初からそういう魂胆《こんたん》で近づいてくるのですね。

ということは、「この人はだませる」と思わせてしまった自分にも責任がある。

人を恨むのは簡単なことだけど、そうではなく、自分の反省材料として、二度とそういうことに引っかからないように心を入れ替えなさい。恨んだって何もいいことは起こらない――。そういうことを祖父は言いたかったのだと思います。

祖父は、負けん気が強く一本気で、ひとつのことに集中すると他のことが見えなくなる私を心配し、将来を見越して、こうした教えを残してくれたのでしょう。

「嘘をつくよりも、つかれたほうがまだいい」

「人を傷つけるよりは、自分が傷ついたほうがまだいい」

皮肉なことに祖父の言葉の重みは、失敗してから気づいたものばかり。

「チズ、だから言うたやろ」

祖父は今頃、あの世でめまいを起こしているかもしれません。

「ごめんなさい、おじいちゃん」


そして主人……。

お正月なのに、自分の写真に話しかけては涙を流す私を見てどう思ったでしょうか。

いつもお正月にはおせちを作ってみんなにふるまいます。主人は野菜が大好きな人だったから、くわいの煮しめなど、とても喜んで食べてくれました。

「いつまでも寝てるけど、今年はどうするんや」とあの世で心を痛めていたことでしょう。

もし生きていたら、「５００万円の裏書」のときと同じように、「人を信じてだまされるのは、君にも責任があるんだよ」と、私を諭してくれたかもしれません。

自分にも非があるのはわかってはいるけれど、やっぱりだまされるのは悔しいです。

## 喪失の哀しみ、裏切りの悲しみ

お正月が明けても、私は起き上がることができませんでした。銀座から撤退した後、品川に新しくサロンをオープンしていたので、本来ならそこに出勤しなければなりません。しかし、体が言うことを聞きません。

「あんなことがあったのだから、寝込んで当然です。先生、よく休んでください」スタッフの言葉に甘えてしまったこともあり、結局、半月ほどそのままでした。

最愛の夫を亡くしたときも私はどん底を経験しました。

42歳、あのときに味わい尽くした感情は「喪失の哀しみ」でした。

でも72歳の今回は、「裏切られた悲しみ」です。

永遠の別れには美しさが残るけれど、裏切られたあとには怒り、悔しさ、恨みといった黒い感情しか残りません。

これを整理するにはたいへんなエネルギーを消費します。

この年になって、またどん底からどう立ち直ればいいのか……。

私は途方《とほう》に暮れるしかありませんでした。

## 72歳、どん底からの復活

やっと起き上がることができたのは1月も中旬。お正月はとっくに終わり、梅の花が咲こうとしていました。まだふらつく体を引きずるようにして仕事場に顔を出した私を出迎えてくれたのは、慣れ親しんだスタッフでした。


「先生、おかえりなさい！」

「よかった、元気になられて……」


温かい言葉が心にしみ入りました。

目に涙を浮かべて私を迎えてくれた人もいました。

残っているスタッフはみな、「彼女たち」の振る舞いにあきれ、嫌な思いをしてきたはず。私はそれに気づくことができなかった。「またついて来て欲しい」と言う資格は、私にはないと思っていました。

ところが、そんな私にこう言ってくれたのです。

「私たちが支えますから、これからまた一緒にがんばりましょう」


こんなありがたいスタッフがいたのに、私はいったい何をしていたのでしょうか。

何かに執着《しゅうちゃく》があると、ものが見えなくなります。他人からの誠実な忠告も素直に聞き入れられなくなります。銀座にいた頃の私がまさにそうでした。何か大きな欲望の波のようなものに巻き込まれ、自分を見失っていたのでしょう。

でも、正月に過ごした孤独の時間が、曇《くも》った目を覚まさせてくれました。空っぽになって、佐伯チズの原点に戻ることができました。

そういう意味で、あのひとりになる時間は私に必要なものだったのでしょう。


そして私の友人、初めて本を出したときからの長い付き合いの編集者、親族……。

事実を知った彼らの怒りはすさまじいものがありました。殴《なぐ》り込みに行かんばかりの勢いで、私のほうがびっくりして止めに入らなければいけないぐらいでした。

「チズさんを裏切るなんて、許せない」とワンワン泣いてくれた人もいました。

この人たちこそ、私の宝物。

メーテルリンクの『青い鳥』ではないけれど、一番大切なものは、いつだって手元にあって、すぐそばにいるのです。

この人たちに恩返しをしなければいけない――。私はそう強く決意しました。


ここにはもういないけれど、それぞれに悔しさや理不尽な思いを抱えながら辞めていった人、私のもとから去って行った人たちにも思いを馳《は》せました。

彼、彼女たちのためにも、ここで負けるわけにはいかない。

私の、深く暗く打ちひしがれた心に、小さな小さな灯がともった気がしました。

## 前を向くことができた私

「そうだ！」

私には早急にしなければならないことがあるのを思い出しました。

新しい化粧品の開発です。

「チズビー」が私の手を離れてしまったあとも売り続けた話をしましたが、私を信じて今なお、あの商品を使い続けてくださっているお客様がいます。

「顧客名簿」が向こうの手に渡ってしまっている以上、新しい化粧品をプロデュースして、それを発表することで、「こちらに移行しました」という形でお客様にお知らせしなければなりません。

サロン専用化粧品については、２０１６年に急遽《きゅうきょ》「チズアンゼルス」というラインを作りましたが、これはプロのお手入れがあってこそのもの。

一般の人が使える化粧品、スチームを使わない環境下で使っても、お肌がキレイになっていくことを実感いただける化粧品を作らなければいけません。

自分が納得できる化粧品、「これが佐伯チズ・ブランドです」と自信を持って世の中に出せるものにしなければ。

開発は簡単ではありません。それは美容業界に50年以上いる、私が一番よく知っていることです。

登るべき山は果てしなく高い……。天を見上げて私は嘆息しました。

## 原点に立ち返る喜び

それはサロンの仕事に戻ったときのことでした。不思議な感覚に襲われたのです。お客様をお迎えし、お顔を触らせていただいたその瞬間、どこか乱れていた心が不思議なぐらいすっと整って、恨みも涙もすべてを忘れ、施術に集中できたのです。

「私には仕事がある。待っていてくれるお客様がいる」

そう思ったとたん、弱り切っていたはずの私の体に、言い知れぬエネルギーが湧き上がってくるのを感じました。

私はなにがあっても「お客様優先」でやってきました。

生きていればいろいろあるけれど、この仕事をする以上、プライベートで問題を抱えていたり、なにか不機嫌になる出来事があったとしても、それを態度に出して、暗い雰囲気でお客様を迎えるなど、あってはならないことです。それでは「自分優先」になってしまいます。

そもそも施術者が落ち込んでいたり、気持ちが波立っていたりしたら、すべて「指」に出て、お客様に伝わってしまいます。だから落ち込んでいられないのです。

その時間はお客様のことだけを考えて施術に集中する。終わったあと、お客様が喜んでくださって「気持ちがよかった」とか、「キレイになってうれしい。また来月来ます！」と言っていただけると、疲れも吹き飛びます。自然と「ありがとうございます」という感謝の気持ちが湧いてきます。

それは、禅や修行の世界に通じるものがあるかもしれません。

美容学校を卒業したての見習いの頃、ハンド・マッサージをさせていただいたお客様が心から喜んでくださった、あのときの純粋な喜びがそのまま、私の胸に甦ってきました。

「次もあなたに任せるわ。お願いね」

初めていただいたご指名でした。

これこそが私の原点。つらい経験を通して、私は原点に立ち返ること、自分にとって本当に一番大事なものは何かということを思い出したのです。

道に迷ったときは、やみくもに動き回ることを止めて、一度、「ふりだし」に戻ってみる。そして、もう一度、全体を見渡してみる。

じつは、これこそがゴールへの一番の近道なのかもしれません。

## 人生、もう一花咲かせる！

結局はこれも運命だったのかもしれません。人生の中で、そういう経験をするように生まれてきたのでしょう。

60歳で出版デビューして、10年と少し。夢中で駆け抜けてきました。

どんどん事業を拡大し、テレビや雑誌で毎日のように取り上げてもらいました。

私自身は何も変わっていなかったし、驕《おご》りの気持ちなど、みじんも持っていないつもりでいました。でも頂点に行ってしまったら、その分しっかり自分の足下を見つめ、いっそう厳しく身を慎まなければいけなかったのです。

そこが私の大甘なところでした。

裏切られて挫折《ざせつ》を味わって損して泣いたけれど、でも、恨んで落ち込んでいたら、そこで止まってしまいます。そうしたら負の遺産が残るだけです。

佐伯チズはこんなことでは負けない。ここで人生、終わりたくない。

私と同じように、思いをかけた後継者やわが子に背《そむ》かれ裏切られた、そんな経験をしたとのある方もいるかもしれません。

でも、私自身が70歳を超えて大きな失敗をして気づかされました。健康な体と元気があれば、何歳からだってやり直しはできる。年齢なんて関係ない、と。

それに、見てくれている人、信じてくれている人は、みなさんのまわりにも必ずいるはずです。今、私がまた新しい「第三の人生」へ向かって一歩を踏み出せたのも、そんな人たちの存在があったからなのです。


人はつい失われた可能性にこだわってしまいます。でも、過去を数えあげても戻ってくることはありません。だったら、今からでも前に進む。年齢を重ね、ゴールが見えてくるからこそ、反省はしても後悔している暇なんてないのです。

もし私の大失敗からそのことを理解いただけたら、こうして恥を忍んで私の失敗をお話しした甲斐もあるというものです。


今、私は74歳。

60歳から70歳までの人生は、やりたいことをやってきた。80歳まであと6年しかありません。ふりかえってなんていられません。

私の夢は佐伯式美容法を世の中に広めること。そして、ひとりでも多くの女性をキレイにすること。

たった3分のローションパックで誰でもキレイになれるのです。そんな私の美容法を海外の人たちも待ってくれているのに！

急がなければ……。

このはやる気持ちが、私を変えてくれました。

## 南から吹いたダマスクローズの風

2016年春。私はスタッフとともに鹿児島に飛びました。

そのフラワーガーデンは、鹿児島県鹿屋《かのや》市の小高い丘の上にありました。

「ダマスクの風」

花卉《かき》栽培40年以上の門倉美博《かどくらよしひろ》園長とスタッフが、ある花の有機無農薬栽培に成功したというのです。それは日本初で、唯一のJASオーガニック認定を受けています。

その花こそが「ダマスクローズ」。

バラの女王と呼ばれ、高貴で芳醇《ほうじゅん》な香りが世界中の女性に愛されています。

このローズのすばらしさは香りだけではありません。花を蒸留《じょうりゅう》してとれる花水《はなすい》には抜群の保湿力、炎症を抑える作用があるため、化粧品としてすばらしい効能を持っているのです。そのため、古くから化粧品や香水の原料として珍重されてきたのです。

私は8年前にブルガリアでこのダマスクローズに出会い、その香りに魅了された経験があり、特別な思い入れを持っていました。

バラは虫がつきやすく、化学肥料や農薬を大量に使って育てるのが普通です。無農薬で栽培するのは、ほとんど不可能といわれています。実母の影響で花が大好きな私は、そのことをよく知っています。

育てるのにたいへんな労力と細心のケアが必要なダマスクローズの有機無農薬栽培に成功したというのですから、それはすごい話だと思いました。

門倉園長とそのスタッフが長年の研究と高い技術、そして強い信念によって完成させた奇跡のバラ園。成功するまでには、どれだけの苦労があったことでしょう。

このガーデンではダマスクローズのほか、２００種類もの花やハーブを育てています。広大な敷地に、まあなんと美しい、色とりどりの花々が咲き乱れ、まるで楽園のよう。しかも、こちらの園は無料開放されているのです。園長の花と人への愛情を感じます。

隣の畑で農薬を使っていると、それが風に乗って飛んできてしまうので、完全無農薬が達成できないそうです。なので、ここは山を丸ごと買って農園にしているということでした。門倉園長の意気込みに心打たれます。

ダマスクローズは5月末から6月初旬のわずか数週間しか収穫できません。花の香りがもっとも強くなる明け方に花を手摘みします。それを地元・高隈《たかくま》連山源流のミネラルウォーターを使って蒸留し、ローズウォーターを作ります。

普通はこの過程で、水と油に分離してしまいますが、スペインから取り寄せた蒸留器を使うため、バラのエキスとオイルが融合されたままのピュアな「ダマスクバラ花水」が採取できるそうです。

無農薬のダマスクローズに顔をうずめ、そのすばらしい香りにうっとりしながら、「これを使ったら、極上の化粧品ができる！」と、私の心は躍り出していました。

そして、門倉園長となら心を通わせて仕事ができる、そう直感しました。

もうひとり、「ダマスクの風」が運んでくれた人物が、門倉園長を長年、応援されている兵庫県西宮市にある化粧品メーカー、鳴尾《なるお》化学研究所の中村豊彦社長です。園長が育てたダマスクローズを、なんとか世の中の人に知ってもらいたい、そして「ダマスクバラ花水」をお客様に届けたい、その一心で研究に取り組んでこられました。このふたりの職人と巡り合えたことが、私の新しい化粧品開発の大きな後押しとなりました。

## 運命的な出会い

「いいですよ、佐伯さんが化粧品を作るなら、いくらでも協力しましょう」

鈴木喬《たかし》先生は、穏やかな笑みを浮かべて快諾してくださいました。

鈴木先生は長年、資生堂で基礎化粧品や医薬品の外用剤開発に従事され、現在は皮膚臨床薬理研究所で基礎化粧品の開発に携わっておられる、優れた研究者です。

【角質層のラメラ構造】

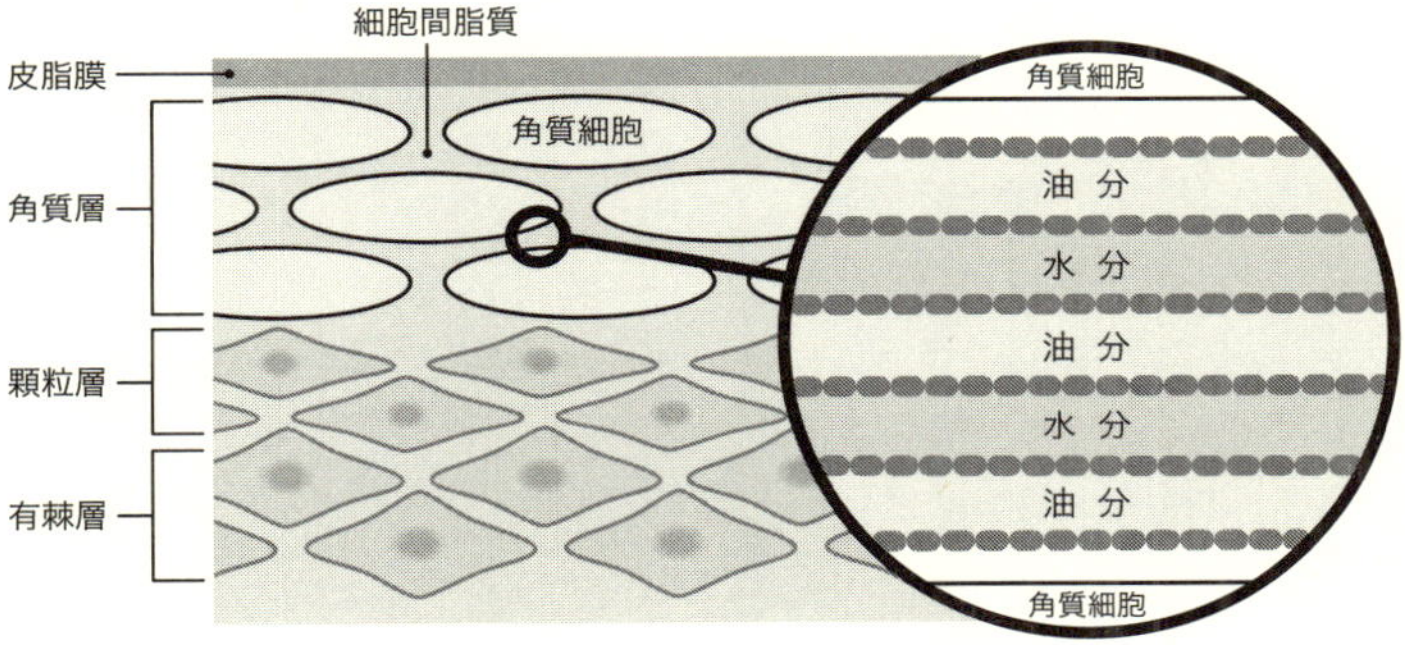


皮膚の一番表面にある「表皮」は厚さわずか0.2ミリ。その一番上にあるのが「角質層」。角質細胞の間を埋める「細胞間脂質」は図のように油分と水分が層になった「ラメラ構造」をしている。

運命とは不思議なものです。

ダマスクローズとの出会いと時を同じくして、私はある最新技術に巡り合ったのです。

それこそが、鈴木先生のチームが開発した「ラメラテクノロジー®」でした。

このテクノロジーがどのぐらいすごいものなのか、ご説明しましょう。

私たちの皮膚の一番外側には「表皮」があり、表皮の一番上にあるのが「角質層」です。この角質層には角質細胞があり、「細胞間脂質」が細胞と細胞の間を埋めています。

じつはこの細胞間脂質こそが、細胞と細胞をしっかりくっつけて水分を保持するという、大事な働きをしているのです。

細胞間脂質は上図のように、「水分、油

分、水分、油分」と、まるでミルフィーユのように層をなしています。

これを「ラメラ構造」と呼びますが、このラメラ構造こそが、水分をたくわえ、細菌から細胞を守るカギとなっているのです。

お肌にはなにより「保湿」が大事。それはよく知られているとおりです。

では、なぜ保湿をしなければいけないのでしょうか。

私たちの細胞は新陳代謝《しんちんたいしゃ》（＝ターンオーバー）を繰り返しています。

このとき、細胞は「水」がなければターンオーバーができません。表皮は10パーセント程度しか水を含んでいないのですが、一番上の角質層はもっと少なく、わずか1パーセント弱しか水分が含まれていません。そこで、「外から与えること」が保湿のために重要なポイントとなります。

ところが、単に水分を与えても、なかなかお肌にはなじみません。

そのため、化粧品開発は「いかにお肌になじませるか」ということを、ずっと追求してきました。化粧品の歴史は、保湿との戦いだったといっても過言ではありません。

## 苦難を乗り越えて

私が巡り合ったこの「ラメラテクノロジー®」は、皮膚の細胞間脂質に似た構造を持つ製品を作るための、乳化技術です。つまり、肌の構造に近い化粧品になるので、とても「肌なじみ」がいいのです。

油と水を乳化させると、通常の化粧品は粒子状になりますが、「ラメラテクノロジー®」を使うと、層状に折り重なります。これが非常に高い保湿効果を生むのです。

しかも、時間がたつほどに保湿効果が上がっていくのがこの技術のすごいところ。鈴木先生の「ラメラテクノロジー®」が、世界特許を取得しているゆえんです。

その世界特許テクノロジーの使用を、鈴木先生が許可してくださいました。

こうして、「ラメラテクノロジー®」とダマスクローズをかけ合わせて完成したのが、私のブランド化粧品、「チズ・サエキ　ジャパン・ラ・サロン・コスメ」です。

まったく新しく、このうえない極上の化粧品が誕生しました。

ダマスクローズもラメラテクノロジー®との出合いも、センス&トリックスの松原征志《まさし》社長を介して取り持っていただいたご縁があってのものです。日本の化粧品づくりを支えてこられた苦労人の松原社長にいただいたご縁には、感謝してもし尽くせません。

何度も何度も試作を重ね、来る日も来る日もサンプルを自分の肌で試しました。

そして、ついに完成した化粧品を使ったとき、私は思わず「これだ!」と声を上げてしまいました。

芳《かぐわ》しい天然ローズの香り。つけたとたんにスーッと肌に入っていく感触。

私は「肌になじみやすいものが良い化粧品」とずっとお伝えしてきましたが、この「肌なじみ」はすごいものがありました。今までに使ってきた、どの化粧品でも得られなかった感触です。

私は化粧品メーカーにいた頃から長年にわたり、あらゆるブランドの製品を試してきましたが、どんな高級ブランドをもってしても、この「肌なじみ」にはかないません。

一貫して「化粧品は作りません」と言い続けてきた私です。「チズビー」のときも迷いながらでした。しかし、この化粧品に出合えたのならば、〝変節した〟と言われてもかまわない、と思いました。それほどすばらしい奇跡の化粧品が完成しました。

これはもう「運命」だったような気がします。

今こそ私は、「これが佐伯チズの集大成です」と胸を張って、未来に残せる作品を世に送り出すことができました。

70歳を過ぎて、人に裏切られ、お金と信用を失って、泣いて泣いて、どん底を味わった。けれど、そこから全力で立ち上がった私は、夢のような「贈り物」を手にしました。

それは、私をずっと見守ってくれた仲間と、この化粧品——。


大きな挫折に直面することなく、あのまま仕事を続けていたら、この化粧品を開発することにはならなかったでしょう。もしかしたら、私はこの出合いのために、あのどん底を経験したのかもしれません。

## 進化する「ローションパック」

新化粧品のデビューに先駆けて、私はコットンを新しくプロデュースしました。

「佐伯式マルチコットン」がそれです。

ローションパックに最適の大判サイズで、そのまま薄く裂いて伸ばし、お顔全体にローションパックができます。

水の力で綿の繊維《せんい》を絡《から》ませているので、毛羽立ちにくく、はがしやすいのが特徴。またしっとりした手触りで肌に優しく、なおかつ、とてもよく伸びるので、どなたのお顔にもジャストフィットします。

左図のように、水道水で濡らして軽く水気を切ったコットンを3枚に裂き、顔の上半分と下半分に、目の下の小ジワができやすい部分で重ねるように貼ります。最後の1枚は首に。私の美容法は首も耳も顔の一部と考えますので、お手入れはぬかりなく。

このコットンは、ローションパックのみならず、好きなサイズにカットして、ポイントメイク落としやクレンジングクリームのウェットコットンとしてふき取りにも使えます。

このコットンには私の思い入れが詰まっています。

天保《てんぽう》年間からずっとコットンの研究をしてきたスズラン株式会社のコットンを使用しているのです。もともとは医療用コットンから生まれた「Ｌｉｌｙ《リリー》　Ｂｅｌｌ《ベル》」とのコラボレーションで生まれたものです。

実は私は、何年も前からスズランさんの製品を使ったローションパック用のコットンを

## 【佐伯式ローションパック】

❶

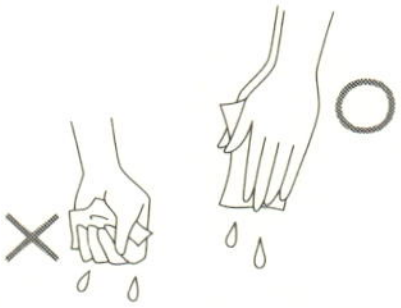

コットンを水道水で濡らし、両手ではさみながら軽く水気を切る。握り締めるとコットンが縮まり、使いにくくなるので注意。

❷

湿らせたコットンに化粧水をまんべんなくなじませる（500円硬貨大）。

❸

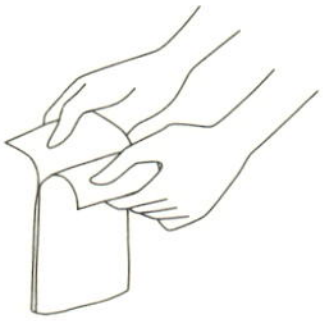

化粧水をなじませたコットンを縦に３枚に薄く裂く。

❹

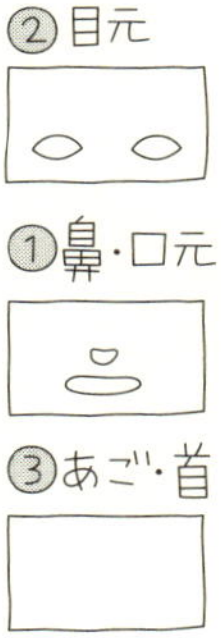


目、鼻、口の部分に指で穴を開け、番号の順に顔に貼っていく。

❺

濡れたコットンは横に伸びるので、自分の顔に合わせて引っ張りながら、ピタッと貼りつける。

❻

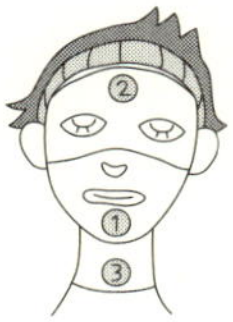


コットン①と②は目の下で重ねる。貼り終えたら、両手でしっかり上から押さえて、そのまま３分間おく。

作りたくて、ずっとラブコールを送ってきました。
それが今回ようやく、このタイミングでかなったことも、ひとつの巡り合わせでしょうか。

こうして化粧品、コットンと、新たな武器がそろったところで、私は次にステップアップできる段階に入りました。

## 化粧品は夢

自分の化粧品を作ったことで、ひとつご説明しなければいけないことがあります。
それは私を信じて、今までゲラン、クリスチャン・ディオールほか、私がおすすめした商品を使い続けてくださっている方々に対してです。

私は、ディオールに勤務していた時代、さらに退社後と、2度にわたって全国各地のデパートの売り場回りをしたことがあります。そこで一番良かったのは、直にお客様に接する機会を持てたことでした。

化粧品フロアでは、ディオールとゲランはだいたい近い場所に設置されています。ディオールに勤めていたとき、こんなことがありました。

あるデパートで私が仕事をしていると、ゲランのカウンターにいたお客様が「佐伯さん！」と走り寄ってきました。

見ればなんと、私のゲラン時代のお客様でした。

「佐伯さん、私は今もゲランを使っているのよ。でも佐伯さんがディオールに行ったのなら、ディオールに替えたほうがいいのかしら？」

「そんなことはありません。私は縁あってこちらに移りましたが、ゲランは今でも大好きです。ゲランはやっぱり最高の化粧品ブランドですよ」

その方のお肌を見ると、お年は召していても、とってもキレイなのです。

「ほら、お客様はゲランを使い続けていらっしゃるから、こんなにお肌に艶《つや》があるじゃないですか。そのままお使いください」

「ありがとう、佐伯さん、そう言ってくださってうれしいわ」

ニッコリ笑ってくださったお顔が、どれだけ幸せにあふれ、輝いていたことか。忘れられないできごとです。

私がアドバイスをして、「その化粧品を使ったらキレイになった」とお客様に言っていただくこと、そして、その方がずっと同じブランドの化粧品を、お伝えしたとおりの方法で使い続け、キレイで居続けてくださることが、私にとって無上の喜びであり、また最高のご褒美《ほうび》なのです。


でも、自分の最初の化粧品である「チズビー」を開発したあと、このときの会話が重い意味をもって私に跳《は》ね返ってきました。

そう、私のアドバイス、私の言葉を信じて、私のすすめた化粧品を使い続けてくださる方が全国にいる、という現実です。

「じゃあチズさん、今までのものは何だったの？　化粧品を替えたほうがいいの？」

このような疑問を持たれるのも、もっともだと思います。

どのメーカーにもそれぞれの「いいところ」があります。それにお肌は、ひとりひとり異なります。ですから、合う、合わないは必ずあります。

「この感触が好き」「この香りが好き」「この使い心地が好き」という化粧品があるなら、どうぞ使い続けてください。

大切なことは、どの化粧品か、ではなく、その「使い方」なのですから。

化粧品は夢です。

きちんと両手を使ってお肌の声をしっかり聞いて、「どうぞ私をキレイにしてね」と自分の願いを託《たく》すもの。そして、五感を研《と》ぎ澄ませて肌と対話しながら使うものです。愛情を込めて、慈《いつく》しみながら肌になじませる。ふき取るものは、とにかくやさしく取っていく。このように使えば、どんな化粧品も同じようにお肌に「輝き」と「花」を咲かせてくれるのです。

だからその意味では、どの化粧品でも「愛」をもって使うことが一番大事だと思います。

それは3000円の化粧品でも、10万円の化粧品でも同じ。その価値を上げるも下げるも「使い方」しだい。これは私がずっと言い続けてきたことです。

## シミを消したい気持ちはみな同じ

これはちょっと裏話的なことになりますが、ある雑誌で化粧品の記事を書いたことがありました。

私はなるべく特定の化粧品を推薦することは控えていたのだけれど、その記事ではクレンジング、ローション、美容液の役目をいろいろ書かせてもらって、「たとえば、こういうもの」ということで、いくつかのブランドのものを紹介しました。

それに応じて、編集の担当者がメーカーから商品を借りてきて写真を撮るわけです。

ところが、私の選んだある高級ブランドが、「雑誌の読者層がうちのお客様層の対象外なので、商品は貸し出せない」と言ってきたそうなのです。

私は強い違和感を持ちました。

その雑誌は、どちらかといえばカジュアル志向です。だから「そのような雑誌を買っている読者は、高級化粧品を買うはずがない」というのがブランド側の考え方なのです。

しかし、これでは完全にお客様を差別していることになってしまいます。

その雑誌を買っている読者は、お金があろうとなかろうと、その雑誌が好きだから買うわけでしょう。顧客をカテゴリーに分けて平気で扱いを変えるような会社の商品は、どこの雑誌にも紹介したくない、と私は思いました。

あれから10年が経って、私の言ったことも少しは影響したのか、最近は雑誌の「選《え》り好み」はあまりしなくなっているようです。

化粧品メーカーにいた頃から、私は、こうしたお客様に対する差別に我慢ができませんでした。

「お金があってもなくても、シミを消したい気持ちは一緒なのよ」

私はよくこう言っていました。

だからこそ、私が作った化粧品は、「保湿」に特化しています。

シミもニキビ痕《あと》も毛穴も、しっかりお肌に水分を与えれば改善していきます。ですから、私の化粧品はあれこれ使い分けしなくても、1種類でいいのです。

若くてお肌の水分量の足りている人でも、補った分はお肌がちゃんとバランスを取ります。また、年齢を重ねてお肌が乾燥している人は、量をしっかりつければいいだけです。きわめてシンプルで、使う人を選ばない、誰にでも通用する理論なのです。

## 私の居場所

品川に再オープンしたサロンで忙しく立ち働く日々――。

私に日常が戻ってきました。

私のお客様は、下は20代から、上は80代まで、年齢層がとても広いのです。多くは何年も通ってくださっているリピーターの方々ですが、新規のお客様もお受けしています。

忘れられないのは、80歳近い方が初めていらしたときのことです。

「こんなエステは初めて。いろんなところでエステを受けてきたけれど、こんなに慈しむように、私のことを思ってやさしくお肌に触れてもらったのは初めて。あなたって、やさしいわね」

その方はそう言って、涙を流してくださったのです。

「私は今まで30年間もエステにお金を注ぎ込んできたけれど、お金をドブに捨てたようなものだった。人生の最後にあなたに出会えてよかった。今日は本当にありがとう」

その後ろ姿を見送りながら、ああ、この仕事を続けてきてよかった、私の居場所はここにあるのだと、心から思ったのです。

私は仕事をやればやるほど、元気になっていきます。

もちろん、施術の後は肩が凝《こ》ったとか、腰が張っているということはあります。でも、気持ちは全然疲れません。

エステティシャンの方々からの質問で多いのが、「施術するお客様に『気』を持って行かれませんか?」というもの。これは本当によく聞かれます。確かにエステやマッサージの施術者は、お客様に自分の「気」を持って行かれるから疲れると、よくいわれます。

でも私は「逆」なのです。

お客様のお肌に対して、この人はどうやったらキレイになるか、どのようにしてさしあげようかと真剣に向き合い、ベストの方法を導き出します。手抜きをしたことは、ただの一度もありません。どのお客様に対しても全身全霊を傾けます。

それは画一のセオリーではなくて、お客様ひとりひとり異なります。強弱をつけたり、長くやってみたりというふうに、そのおひとりに対しての「テーラーメイド」です。

たとえば、事前のカウンセリングでお客様が気になるとおっしゃっていた部分を「ここのところ、もう少しお手入れしてさしあげますね」とか、「ちょっと乾燥しているようですから、マスクを足しましょうね」とか。足りないと思ったら、足してさしあげるのが当たり前。そのほうが、誰だってうれしいですよね。

ちなみに、どれだけやっても料金は同じです。「このマスクをしましたから、プラスおいくらです」などということは、いっさいありません。

そうやって一生懸命お手入れをしていると、お客様は、「ああ、気持ちがいい」と笑顔になります。しまいには寝息が聞こえてきます。

「今まで私はこういうことをやってもらっても、一度も寝たことがないのよ」とおっしゃるお客様が、スヤスヤと眠ってしまわれるのです。

エステが終わると、「こんなに気持ちがよかったことはない」「こんなにキレイにしてもらえるなんて」とみなさん、満面の笑みで喜んでくださいます。

「今日もこんなに長くしてもらって、こんなにキレイにしてくださってありがとう」

「いえいえ、私はお客様にキレイになっていただきたいだけですから。こちらこそ時間が長くなって、ごめんなさい」

「私ね、月に一度、先生のところに来るのが唯一の楽しみなんですよ」

「術後の美しくて珍しいお菓子とお茶が毎月楽しみなの!!」

こんな会話をしていると、お客様の喜びが私の心に沁《し》み入るように伝わってくるのです。

## 喜びのエネルギー循環

私は「このお客様をキレイにしてさしあげよう」という精いっぱいの思いでエネルギーを伝えていますが、それは一方通行ではなくて、必ず自分に返ってきています。

そういう意味で、エネルギーは出すだけではなく、お客様と私の間で「循環」しているものです。しかも、お客様の喜びによって増幅されていく……。

私が「疲れない」と言うのは、こういう理由からなのです。

「キレイにさせていただく」という気持ちでお手入れしているので、体も温かくなってくるし、汗も出てくる。心地よい疲労感があっても、それは喜びであるわけです。

これも、こちらが百パーセントの力で向かっていくからこそ、それだけの喜びが受け取れるのです。逆に手抜きをしたら、自分が損をします。

そのせいか、お客様からのキャンセルが入ることは、私はほとんどありません。本当に緊急の事情があるというときだけです。

「キレイになりたい」という女性の願いを受け止め、「キレイにしてさしあげよう」と、心を込めてお手入れさせていただく。こういうポジティブな気持ちの循環は、必ずプラスの結果を生み出します。

反対に、「私、ダメだから……」というネガティブな気持ちで向かってこられると、受け止める側はマイナス地点からのスタートになってしまいます。

エステに限らず、これは日常的に起こっているエネルギーの流れにも通じるものだと感じます。暗い気持ちやマイナス思考にとらわれている人は敬遠され、あえて近づいたり話しかけたりしようとする人は少ないでしょう。

明るい方向、良い結果を望むのなら、まずは、自分からプラスのエネルギーを発する。これもお客様とのかかわりの中で学んだことのひとつです。

## 「道」は未来へ続く

手ひどい裏切り、どん底を味わったからこそ、私は自分の仕事のありがたみを再認識することができたのだと思います。

たとえどんなにモノやお金を持ち去られようとも、私には天職ともいえるこの仕事がある。この仕事だけは誰にも奪い取ることはできない。

長年の経験から培った佐伯式美肌術にはゆるぎない自信があります。

何があっても私はここに戻ってくることができる。

そのことに気づいたとき、私は底知れぬエネルギーが湧いてくるような気がしました。


私の仕事を「美容道」と表現してくれた人がいました。

哲学者や宗教家が道を究めるのと同じように、私は「美容道」を追求してきた。その集大成が「佐伯式」なのではないか、と。

自分の意識としては、そんなたいそうなことをしているつもりはなかったけれど、ひとつのことに50年取り組み続ければ、そこにはおのずと「道」のようなものができるのかもしれません。


私と心を共にしてきてくれた仲間、応援してくれる人たち、お客様に恩返しをしつつ、私にはまだまだすべきことがたくさんあります。

佐伯式美肌術をひとりでも多くの人に届けたい。60代、70代の人たちを元気にしたい、世界中の女性をキレイにしたい……。

「佐伯式」を広め、仕事で結果を出すこと。それが私のすべてなのだと今、しみじみ思うのです。

# 第3章

# 憎しみの心に花束を

## 不運、挫折、裏切りを「生きる力」に

70歳を超えて遭遇《そうぐう》した大事件があってから、私は過去のあれこれを思い出したり、自分の人生について思索したりするようになりました。

考えてみれば私の人生はずっと、大きな苦難に襲われては、それを乗り越えることの繰り返しでした。

子ども時代の不遇を乗り越えて、自分の力で稼ぎ、自立して生きる精神を学んだこと、夫を亡くして泣き暮らし、そこから自分の肌を再生させて、美容の道を再スタートさせたこと……。

不運、挫折、裏切り……、私はそれらをすべて「生きる力」に変えてきました。

本章では、少し時代をさかのぼり、ディオール時代に受けた私の左遷《させん》と、そこからいかに突破口を見つけてきたかをお伝えしたいと思います。

## 「左遷」には実力で対抗

ディオール時代、私は3度も左遷の憂《う》き目に遭いました。

まず一度目の左遷は、トレーニング・マネージャーとして、社長から命じられた目標を3年で達成した、その直後でした。

600人の部下を束《たば》ねていた私が、いきなり部下のいないフレグランス・アンバサダーという役職に異動になったのです。社内では「左遷されたね」「格下げだね」とウワサになったようです。

でも、私自身はこの仕事を嬉々《きき》として受け入れました。

フレグランス・アンバサダーは全国の店舗を回って、香水の販売促進を行うのが主な仕事です。当時、ディオールの香水は売り上げが低迷していましたから、それを建て直すのは大いにやりがいのあることだ、と考えたのです。

当時、ディオールの全商品の売り上げの中で、フレグランスは10パーセントいくかいかないかくらい。これを23パーセント以上にして欲しい、というのが会社からの要請でした。

香水はゲランに勤めていた頃にさんざん勉強しましたから、お手のものです。

「やってやろうじゃないの」と、闘志が湧きました。

また、フレグランス・アンバサダー（香りの大使）の肩書をいただいたことも最高にうれしかったです。フランスではとても名誉あるものなのです。

それに加えて、私は全国の店舗を回ることに大きな魅力を感じました。

実はその前の3年間、私は美容部員のトレーニングに関わり、毎日深夜までかかってマニュアルを作っていました。ところが、それが現場であまり活かされていないという現実を知り、とてもショックを受けていたところだったのです。

私は、実際の現場で指導に当たるスーパーバイザーを教育する立場にあり、彼ら用のマニュアルも作り、指導法も教えていましたから、私自身が現場に出る機会はほとんどなくなっていました。しかし、フレグランスの販促名目で全国の店舗を回れば、直接に美容部員を指導することもできる……。

もっとも、そういうことがなくても、私はお客様と触れ合える「現場」が大好きなので、喜んで出かけていたかもしれませんが。

ともかく、心機一転。全国を回ってみると、フレグランス・アンバサダーの仕事はとても楽しく、やりがいのあるものでした。ここで「現場」を肌で知ったことは、私にとって大きな収穫となりました。

売り上げは当初の目標だった23パーセントを達成。最終的には26パーセントまで上がったように記憶しています。

ところが、このフレグランス・アンバサダーになって3年ほど経つと、再び異動することになりました。

## 50代半ばで新たな挑戦

東京・丸の内の帝国ホテル内にディオールのエステサロンを併設した直営ブティックを開くという計画が持ち上がり、私にサロン・マネージャーをしないかという誘いがありました。

このサロンをディオールのフラッグシップショップ（旗艦店）として、女優さんやモデルさんを招待して、メイクアップやスキンケアを行うというものでした。

ところが、計画は途中で変更になり、ブティックはオープンするものの、サロンは大幅に縮小となりました。つまり、店は開くけれど、スタッフは置かない。顧客もゼロの状態からで、「すべて佐伯さん、あなたひとりでやって売り上げを上げなさい」というのです。

会社としては、これを機に目障りな私を辞めさせたかったのでしょう。

しかし、私には何の落ち度もないし、むしろ、会社の拡大、売り上げ増加にそれなりに貢献《こうけん》もしてきたはず。辞めさせられるなんて納得がいきません。

会社の意図を察した私は、またまたここで「やってやろうじゃないの」とチャレンジ意欲を燃やしました。

私はさっそく、サロンのオープン準備に入りました。

まず内装からすべて自分で考えて業者に発注。スチーマーやリクライニング・チェアも一つひとつ吟味《ぎんみ》して運び込みました。

カーテンやマットなどは「ユザワヤ」で布を買ってきて、自分で縫《ぬ》いました。もともと手先が器用で、高校は被服科を出ていますから、縫い物はお手のもの。機械やチェアに良いものを入れてお金をかけた分、節約できるところは節約しました。

全部自分でやらないといけないということは、すべてが自分の思い通りになる、ということでもあります。こんな楽しい作業はありません。


オリジナルのエステ・メニューも開発しました。「どこにもないものを」という思いから、肌のクレンジングに1時間、マッサージなどのお手入れに40分、さらにクーリング（お肌の鎮静プロセス）とカウンセリングで合計2時間半。

私ひとりですべてをこなすので、一日限定2名。料金はすべて込みで2万5000円。

私は、必ずご満足いただけるという自信を持っていましたが、会社からは「そんな高い値段で誰が来るの？」と笑われました。

## 「顧客0人」からの逆転劇

オープンしたはいいけれど、顧客はゼロでした。自分で探してくるしかありません。

私は今までお世話になった方々にご挨拶状を出すかたわら、ブティックに来るお客様をつかまえては、一人ひとりに手作りのカードを配って回りました。

「すみません。私は長くトレーニング・マネージャーをしていたのですが、このたび定年退職までの間、ここでお客様をキレイにするというお役をいただきました。よろしければ、お手入れなさいませんか？」

「あなたがやってくれるの？」

「はい、私がさせていただきます。アシスタントもおりませんので、最初から最後まで私ひとりで、２時間半かけて――」

「えっ、２時間半⁉」

みなさん、驚いていました。エステで2時間半のコースなんて、日本では誰もやっていない時代でしたから……。

お試しでさせていただくと、ほぼ全員の方が「こんなに気持ちがいいんだったら、これからもやっていただくわ」と言ってくださいます。ひとり、またひとりとお客様が増えていきました。

そうこうするうちに、

「ゴッドハンドのいるエステサロン」

「予約が取れないサロン」

と、メディアなどにも取り上げられるようになって、爆発的にお客様が増えていきました。予約も待ちの状態になってしまい、最高で１００人待ちになりました。

当初の売り上げ目標は、１年目が月１００万円、２年目が２００万円、３年目が３００万円という設定でした。

ところが、１年目ですぐに月１００万円を達成するどころか、２００万円近くになりました。

予想外だったのは化粧品の売り上げです。

「お化粧品は買わなくていいですよ」と言っても、お客様はどんどん買ってくださる。

「今日のお手入れはどれを使ったの？」

「これです」

「じゃあ、それが欲しいわ」

「買わなくていい」と言うと、余計に買ってくださるのです。

こうやって化粧品の売り上げも相俟《あいま》って、サロンは大成功。会社も最後はアシスタントをひとりつけてくれました。

## 57歳で失職の憂き目に

ところが、こうして順調に売り上げを上げていたサロンが、2001年、突然閉鎖されてしまったのです。母体となっていたブティックが改装することになり、それに伴ってサロンも廃止された、というわけです。

仕方ないことではありますが、またまた私は仕事を失うはめになりました。

おまけに、突発性難聴を発症。

当時私は57歳、定年まであと2年半となっていました。

しかし、ここで辞めてしまったら、退職金が200万円も減額されてしまいます。52歳で30年の住宅ローンを組んでいた私にとって、この差は大きかったのです。

なんとか自分で仕事を生み出して、売り上げ実績を作っていかなければ……。

会社に私を「クビ」にさせない努力をするしか、道はありませんでした。

「これだ！」

私はあることを思いつきました。

会社にいても席がないなら仕方がない。デパートの売り場で販売させていただこう。

そう、ビジネスの基本の「き」、対面販売です。

フレグランス・アンバサダーとして全国を回っていた経験から、どこの店舗にどういうスペースがあるのか、どこでお客様との対話ができるのかを私は知り尽くしていました。

さっそく各地のスタッフに連絡を入れました。このとき、私が45歳でクリスチャン・ディオールに入社した頃からの同僚だった、当時の営業本部長（現・副社長）が快く協力してくれました。

「私が行ってお手入れ会をするので、お客様にお声掛けをして。それから、お手入れができるスペースも作っておいて」

この全国セールス行脚《あんぎゃ》は、記録的な売り上げを生む結果となりました。

「佐伯さんが直接カウンセリングしてくださるの？」

「佐伯さんがお手入れしてくださるの？」

「佐伯さんがすすめる商品なら、それ、全部いただくわ！」

こうして定年までの2年半を、北海道から沖縄まで、デパートの売り場を「職場」に最後まで走り続け、おかげで円満退職することができました。

部下の中には、「辞めないでください！」と涙を流してくれる人もいました。あの「肩たたき」に屈しないでよかった。私のやり方は、間違いではなかった。今、ふりかえってても、つくづくそう思います。

## 自分の心に正直でありたい

「なぜ佐伯さんは、そんなにお客様に人気があって、実績もあるのに、左遷されるの？」人からこのように聞かれたこともあります。

私が左遷をされた理由、それは私が会社の方針に盾突《たてつ》いたからです。

会社は、当然ですが、利益を追求します。それはいいのです。でも私は、「まずお客様ありき。売り上げはあとからついてくる」という考えです。

ところが会社は時として、自分たちの都合で「新製品」や高額なセット商品を積極的にお客様に販売することをスタッフに要求します。

その要求に私は「待った」をかけたのです。

「一人ひとりのお客様の肌に合ったものだけをおすすめすべき」
「お客様にとって必要のない商品は、買っていただく必要はない」
「こちらの都合で売りたい商品を売りつけるのは、単なる押し売りにすぎない」

こうした持論を真正面からぶつけました。若さもあって、口調もずいぶんきつかったと思います。

誰よりも売り上げを伸ばし、弁も立ち、それなりのお給料をいただいていた私を、上層部は目の上のたんこぶのように思っていたことでしょう。

だから私が自分から「辞めます」と言い出すまで、あの手この手で追い出しにかかったのだと思います。

あるときなど、フランス人の上司と販売方針などの会議の中で口論となり、怒り心頭に発した私は、頭に血が上り過ぎたためか、帰宅後、自宅で気絶してしまったこともあります。

いつものように、夜中を過ぎて当時住んでいた目黒のアパートに帰宅。雨戸を閉めながら、そのまま倒れてしまっていたのです。気づいたときには、朝でした。

でも、それほど私は仕事に対して真剣だったし、信頼してくださるお客様に対して、真《しん》摯《し》でありたかった。そして、自分の心にも正直に生きたかったのです。

嘘をついてまで売り上げを上げたところで、そのお客様との関係は長続きするでしょうか。

私はそうは思いません。小さな嘘は、必ず大きなツケとなって自分に返ってきます。

もうひとつの理由として、ディオールが「外資系企業」ということもあったと思います。日本企業と違って、やはり外資系には人を使い捨てにする傾向があります。

でもその分、諸条件もいいわけだし、それもわかったうえで勤めているのだから、自分がそこを生き抜くための方策を考えつけばいいのです。自分なりの創意工夫です。

ディオールにいたとき、何度も他社からお声掛けをいただきました。給料も上げるし、肩書もつけるからと。でも、移っても結局は同じことが起こります。それはわかっていました。

だったら私は、前に進む。尊敬するムッシュ・クリスチャン・ディオールの作ったこの会社で全うしよう、と心に決めていたのです。

## 「肘掛椅子」なんて惜しくない

いずれにしても、私が左遷されたのはこうしたことが続いた結果です。

「あなた、そこまでされてなんで辞めないの?」

同僚によくこう聞かれましたが、すべては「定年まで勤め上げる」という目標のため。それは先に挙げた住宅ローンのこともありましたが、なにより夫に報告をしたかったからです。天国で再会したとき、「ディオールを定年まで勤め上げたのよ」と報告し、自慢するのが夢だったからです。それがあったから、がんばれたのです。

今も全国のディオール販売店には、私が指導したビューティストが現役で働いています。

彼女たちの力があったからこそ、定年後に出した本がベストセラーになり、「佐伯チズ」の名前が全国に知れ渡り、その後につながったのだと思っています。

何度も左遷の憂き目に遭ったことで、もちろん落ち込みましたし、悔しかったし、悲しかった。

トレーニング・マネージャーの職を外された日、私がそれまで使っていた「肘掛椅子」がなくなっていました。見れば、それまで私の部下だった社員がその肘掛椅子に座っていたのです。

でも、そのときは椅子があっただけ、まだマシでした。最後は座る椅子さえなくなったのですから……。

椅子も机もない私は、出張精算の書類を書くにも場所がありません。そのあたりにあった丸椅子を持ってきて、隅《すみ》っこの机を借りてやっていました。会社に「お荷物」扱いされる会社員を「窓際族」といいますが、窓際ならまだいいほうですよ。だって窓があり、日当たりもよく、椅子も机もあるのですから。私よりずっとマシです。

芯《しん》のある生き方をしたい。その思いが強すぎて、周囲とぶつかることの多い会社員人生でした。決してシマを作らず、人の足は引っ張らずに、逆に手を引いてあげるような仕事の仕方。

反省はあっても、後悔はないと、自分の行動には自信を持っています。

私の人生は紆余曲折《うよきょくせつ》があったし、反省することはいっぱいありますが、でも、自分の信念だけは曲げたくありません。

私はただの一度も損得勘定で動いたことがありません。損をすることもいっぱいあったけれど、必ず最後は得もある。逆に、得することしか考えていない人は、得した分、どこかで損をしているはず。


自分の人生は、自分で考えたように生きたい。

そこは自分の軸。何と言われようと、人に影響を受けることがない部分です。

この軸があったから、私は折れずにやってこられたのだと思っています。その証拠に、70歳を超えて経験したあのひどい「しくじり」からも、今こうやって再起して前進しています。

肘掛椅子なんて不要です。自分の脚で立ち上がるのに必要なのは、「自分軸」という支えだけなのです。

## 頼られたら全力で応えたい

なにかと私を疎んじてきた会社ですが、一方でいざというときには私を頼ってきました。

帝国ホテルのサロン勤務だった頃のことです。

当時、クリスチャン・ディオールは「プレステージ」という超高級化粧品のラインを発売していました。インド洋に浮かぶ島・マダガスカルに自生するユリ科の植物「クニフォフィア」のエキスを濃縮し、水を一滴も使わないで作り上げた、贅《ぜい》をつくした逸品です（のちにリニューアル）。美肌作用、細胞の再生力は当時の最高峰というべきものでした。

ところが、すばらしいものだけあって、値段もすごい。クレンジング、化粧水、美容液、クリーム、マッサージクリームの5点で、8万1000円（当時）でした。

新発売の折のこと、これを5点セットにして箱に入れて売るというのです。それも限定店のみでの販売でした。

この販売方法に、営業パーソンとデパートから大ブーイングが起こりました。

「こんな高いもの、売れません」

「無茶もいい加減にしてほしい」

会社もほとほと困ったらしく、営業本部長とマーケティング本部長が私のところにやってきました。

「これは、どうやって売ったらいいのですか?」

おそらく販売の戦略・戦術の「知恵」がなかったのでしょう。

「私は古参の一スタッフに過ぎないのよ。あなたたちは責任者なのだから、販促はお手のものでしょう。私は今、あなた方にトレーニングを受けさせていただく立場よ」

と言ったのですが、

「そんなこと言わないでください。教えてください。お願いします」

と、すがりつかんばかりです。

なんでも、日本はスキンケア大国だからということで、世界で一番、フランス本社からの割り当て数が多かったそうなのです。売り上げ予算も本数も決められていて、どうにもならないと……。

「わかりました。ではその代わり、トレーニング会場の作りから、教育の仕方、時間、すべて私に任せてくださるのであれば」

という条件付きで引き受けました。


まず私は、「5点セット」だけでなく、クレンジング、化粧水、マッサージクリームの「3点セット」と、美容液とクリームの「2点セット」も作りました。

いきなり高額のセットでは、とてもお客様の心をつかめないと思ったからです。

「化粧品を買っていただく」というよりも、「お客様にキレイになっていただく」のが私たちの仕事です。ビューティストが自信を持ってお客様に説明し、説得できてこそ、納得いただくことが可能になります。

大切なのは、ビューティストにこの「自信・説得・納得」を指導すること。私は共に育《はぐく》む、「共育《きょういく》」と呼んでいますが、これが大切なのです。簡単な説明だけで数万円もする商品がお客様に売れるものではありません。

その前提としてまず、私自身が製品のことをよく知らなければいけないと、当時のトレーニング・マネージャーに予備取材です。

「悪いけど、教えてくれる？　クニフォフィアって何？」

「……ユリ科の花です」

返って来たのは、その一言。私は絶句してしまいました。

これではとうてい、お客様に説明し、納得いただくことはできません。

仕方がないので、私は自ら商品管理の部門や、「クオリティ・コントロール」という、成分について詳しい部門に行き、いろいろと話を聞きました。

それでようやく、クニフォフィアがマダガスカルで咲く花だと知りました。根がスーッと下に伸びて、そこから地下水をグイグイ吸い上げる、すごい力を持った花ということでした。

その花を材料として、そのままの水分を使い、水は一滴も加えていないというのは、化粧品として画期的なことです。

そのとき、私の中でひとつのストーリーが浮かんできました。

## 人は「物語」に心を動かされる

全国主要店のビューティストのチーフを集めたトレーニング当日。

トレーニング・ルームのドアを開けると、みんなからいっせいに「うわぁ〜！」と歓声が上がりました。

照明の落ちた部屋の中に、壁一面のユリの花。芳しい香りがフワーッと漂《ただよ》って、まるで楽園のようです。

そして満開のユリの中に、スポットライトがパッと当たっていて、「プレステージ」が神々《こうごう》しく鎮座しているのです。

「こんなトレーニング、今まで見たことがない！」

みんなが明らかに高揚している中、研修が始まりました。

ここも私のアイデアなのですが、商品説明に先立って、最初にクリスチャン・ディオールの歴史から話を始めました。

ムッシュ・クリスチャン・ディオールが１９４７年にオートクチュールとしてスタートしたときから、クリスチャン・ディオールの歴史は始まっています。

ムッシュは洋服のＨライン、Ａラインをはじめ、香水類やストッキング、帽子、手袋などの小物や口紅をオートクチュールとして初めて発売し、ファッション界に革命を起こしてきました。

自分の母親を愛したムッシュは、女性を美しくするための洋服から小物、マニキュア、口紅をこの世に送り出したのでした。

化粧品の歴史についても教えました。

それと色についても。私がディオールに入社した当時の販売マニュアルには、メイクアップ製品については品番とフランス語でしか書かれていませんでした。これでは何もわかりませんから、英語とフランス語、日本語で全て表記するように変更しました。

「この〝アザレ〟というのは、ツツジっていう意味なのよ。赤紫色のツツジの花を思い浮かべてみて」

このように説明すると、みんな「ツツジ」のイメージで覚えてくれるのです。

背景の解説が終わって、初めて本題の「プレステージ」です。

「このクニフォフィアは、なんともいえない白い大輪の花。白いユリやバラの花をイメージして欲しいんです。色を思い出せば、花も、香りも浮かんでくる。紺碧《こんぺき》の海に浮かぶマダガスカル島で、鮮やかに咲く白い花がイメージできるでしょう。そのイメージをお客様に伝えるのよ」

私は、日本女性の繊細《せんさい》な五感に訴えたかったのです。

そしてようやく、製品の具体的な説明に入ります。

最後に私はこう切り出しました。

「なぜ、私がここであなたたちの前に出てきたかというと、今、ランコムさんの攻勢がすごいからなの」

一般的にはあまり知られていないかもしれませんが、ランコムはロレアル・グループの一部門。ロレアルはもともとヘアケア製品のメーカーとして始まった老舗です。

「私たちがシャンプーメーカーに負けるわけにはいかないのよ。クリスチャン・ディオールは世界に冠たるオートクチュール・ブランド。そこで働ける幸せを思い出して欲しい。ムッシュが残してくれたもの、ムッシュの想いを次世代に伝えていくのが、あなたたちの仕事なのよ」

この言葉をもって研修を終えました。

この研修後の社員の奮起《ふんき》には、すごいものがありました。

私が全国を回ると、ほとんどの店舗で予約オーバー。それも、クレンジングにマッサージクリーム、化粧水の3点セットと、美容液とクリームの2点セットを作ったと前述しましたが、なんと全品5点セットが一番多く売れたのです。

販売店舗も最初は主要店だけに絞《しぼ》っていたものを、どんどん全国の店舗に拡張していきました。

結局、この「プレステージ」は、クリスチャン・ディオールの歴史に残る大ヒット商品になりました。

ちなみに、このときの研修は今も「伝説の研修」と呼ばれているそうです。

今でも残っている私の教え子たちから、「あのとき先生に教えられた話が忘れられない」と言われます。

## この人のためなら一肌脱ごう

この「伝説の研修」の第二幕ともいえることが一昨年にありました。私が定年退社してから12年後のことです。

２０１５年にディオールが限定発売した「オー・ド・ヴィ・ラキュール」。

３本セットの３ヵ月集中トリートメント用の美容液です。

なんでも、フランスではその前年にブドウの出来がすばらしくよかったらしく、そのエキスを濃縮して限定で作った商品だそうです。ゴールドに輝く容器も美しく箱に収まり、ゴージャスそのもの。

究極の美容液ともいえる逸品ですが、値段もまた驚きです。３本セットで本体価格が22万円もするのです。

「プレステージ」と同じような展開になったのでしょう。日本の割り当て個数は何百セットもあり、「こんな高価なものは売れない」と困っているとのことでした。

営業本部長兼副社長が私のところにやってきて言いました。

「売り方がわからなくて困っている。先生、申し訳ないけれど、なんとか助けてくれないか」

その営業本部長兼副社長は、私がディオールに入った当初から一緒にがんばってきた人物で、パリの本社でも一番信頼されている日本人なのです。

「全国を回って、美容部員にこの『ラキュール』の販促指導をして欲しい。集中美容液のことを熟知している人は、今の化粧品業界にはあなた以外にいないと思う」

すでに退社した会社です。でも私は、この人のためなら一肌脱ごうと思ったのです。

「わかりました。あなたの頼みなら引き受けましょう」

今回もトレーニング・マネージャーやＰＲマネージャーを集めて、その人たちのトレーニングからです。ムッシュ・ディオールとのご縁がまだ続いていたのでしょう、不思議なものです。

この商品には涙形のツボ押しがセットになって付いていました。最初、トレーニング・マネージャーたちが私に使い方をレクチャーしてくれました。

「これを使って、ここをこうやって押すんです」

ツボを押すものを売るのに、ツボの名前を知らないとは……。

「ここにはね、ちゃんと名前があるの。攢竹《さんちく》といって、目のまわりのリンパでは一番大事なツボなのよ」

私は驚いたと同時に、不安になりました。

「こんなことで大丈夫かしら?」

これは私も動いたほうがよいと判断。全国を回ってお客様に直接お話をし、カウンセリングをして販売活動にも協力しました。

当初、私は美容部員のトレーニングだけということで、セールスまでは請《う》け負《お》っていませんでした。それでも、私のサロンのお客様を含めて8セットを売りました。

結局、最初に日本に割り当てられた分は完売。足りなくなって、あとから追加で仕入れたそうです。

頼まれたら断れない。困っている人を見ると、頭より先に手足が動いてしまう。

特に自分とご縁のある人からの頼みだと、損得勘定を抜きにして、「一肌脱ごうじゃないの」となってしまう。これが私の性分なのでしょう。

でも「損か得か」だけで生きていると、けっこう人生、寂《さび》しく空《むな》しいものですよね。

ちなみに、この「オー・ド・ヴィ・ラキュール」の販売に関するトレーニング・マネージャーは、あの「プレステージ」が販売できなくて困っていたトレーニング・マネージャーの紹介で入った人物だそうです……。

## 憎しみの心に花束を

「なぜあんなに何度も左遷された会社に協力するのですか？」

まわりの人にはこう聞かれました。

確かに何度も左遷されて、肩たたきもされましたから、社内の首謀者たちを憎んだこともありました。でも、そんな彼らはみな退社してしまいました。

それに、お客様には罪はないし、化粧品にも罪はない。

なにより私は、クリスチャン・ディオールがやっぱり好き。ディオールの化粧品が好きだし、ムッシュを尊敬しているのです。

だから、お客様がディオールの化粧品を使ってキレイになって喜んでくだされば、私にとっても、こんなにうれしいことはないのです。

あのとき、発表会にお越しいただき、「オー・ド・ヴィ・ラキュール」を使ってくださったお客様が「やっぱりこれが一番だから」と言って、年に2回、今も使い続けてくださっています。集中美容液は春と秋に使うのが理想なのです。本当にありがたいことです。

販促に協力してくれと頼まれたとき、憎しみの心でいっぱいになって、「なんでそんなアホらしいことせんならんのよ。勝手にやれば」と言ってしまえば、それで終わりです。もちろん協力する必要など、これっぽっちもないわけですから。

それでも私は、憎しみの中に大きな花を咲かせました。それも、自分で言うのもなんですが、完璧な大輪を咲かせました。それも2回。

それだけではありません。私が咲かせた花の上には、全国のビューティストたちががんばって売ってくれて、その上にもまた新たな花を咲かせてくれています。

第1章でお話しした「裏切り」事件もそうですが、仕事をしていれば、左遷や肩たたきなど、つらいこと、理不尽なことはいっぱい起こるものです。

私以上につらい思いをしている人もたくさんおられることでしょう。

でも、ものは考え方ひとつで変わります。

憎しみだけだったら、憎しみで終わります。でもそこで憎しみの上に「花」を咲かすことによって、憎しみ一色だった景色が一変して「花園」に変わるのです。
それは自分の自信にもつながるし、誇りにもなる。
それが、私の「憎しみの心」の克服法です。

## 「負けてたまるか」の精神

私の根底には「負けてたまるか」という反骨精神があります。それには私が育った家庭環境が影響しています。

当時は戦争の影響もあり、ひとり親の家庭はいっぱいありました。でも同級生の「トシコちゃん」の家は、白い割烹着を着たお母さんがトシコちゃんの帰りをやさしく出迎えて、仕事から帰って来たお父さんと一緒に、家族全員で夕飯の食卓を囲んでいる……。

トシコちゃんは私をよく家に誘ってくれて、晩ごはんを一緒によばれました。そこで垣間見たあたたかい家庭の雰囲気。家族で楽しく食べるごはん。

私は、トシコちゃんがうらやましくて仕方がありませんでした。

親から見放されて育ち、高校は水商売を営《いとな》んでいた伯母（母の姉）の家から通った私は、いつも満たされない思いがありました。伯母からは「居候《いそうろう》」だの「金食い虫」だのと、ひどいこともたくさん言われました。

私は何ひとつ悪いことをしていないのに、親の勝手、大人の都合で、本来幸せに過ごせるはずの子ども時代を奪われたという思い……。

だからこそ、大人になってからは自分の足で立ち、自分の力で稼いで、自分の人生を自分でつかみ取るという気持ちが強かったのです。そのために最大限の努力もしてきました。

ディオール時代、上司に食らいついたり、血尿が出るくらい働いたりしたのも、絶対、私のやり方に間違いはない、という信念を持っていたからこそ。

それもすべて、「負けてたまるか」という子どもの頃からの強い思いがあったからです。

## 祖母譲りの「やんちゃ女郎《めろう》」気質

私のもともとの気質もあったかもしれません。

私は子どもの頃から男の子に交じってソフトボールをしたり、ドッジボールをしたりと活発な子どもでした。負けず嫌いで、やられたらやり返す、言われたら言い返す子どもでした。

当時のあだ名は「やんちゃ女郎」。

そのあたりの性格は、おばあちゃん譲りかもしれません。やさしく物事を諭すタイプの祖父に比べて、祖母は気丈で礼儀作法などにも厳しい人でした。

それともうひとつ。5歳のときに弟ができたことも、私の人生に大きな影響を及ぼしたと思います。

私の父はまったく家に寄り付かない人でしたが、ある日、急にやって来たことがありました。わずか1泊2日の滞在でした。金の無心に来たようでした。

そんな状況で、私に弟ができたこと自体、不思議なことではあるのですが、「この子を守らなければいけない」という気持ちが強くありました。

母親もまた、子どもよりも自分のことに関心があるような人で、私と弟は実質的には祖父母に育ててもらったようなものでした。

家庭環境のことで、私はいろいろと嫌な思いをしたけれど、弟には苦労をさせたくない、私と同じ思いをさせたくないと、ずっとそう思って生きてきました。

それも私の性格を形作ってきていると思います。

## 麦は踏まれて強くなる

先日、テレビを見ていて、「麦は踏まれて強くなる」というセリフが耳に留まりました。

ふと、遠い昔、おじいちゃんと畑で麦を踏んだ、まさにそのシーンが私の脳裏に浮かんできました。

早春の1～2月頃、家族総出で畑に出て、「麦の芽」を足で踏みつけていくのです。幼い私には、やっと出たばかりの芽を踏むなんて、なんだか理不尽でかわいそうな気がして仕方ありませんでした。

「おじいちゃん、せっかく出てきた芽をなんで踏むの？　こんなにまっすぐ伸びてきてるのに、踏んだらかわいそうやん」

「チズ、麦はな、こうやって踏んだら、しっかりと土の中に根っこを張って、土の中の栄養分をもらって、もっと元気に強く育つんや。麦は踏まれて強くなるんやで」

おじいちゃんはせっせと麦踏みをしながら、そう教えてくれました。

その言葉にうなずき、おじいちゃんに倣《なら》って、小さな足で一生懸命踏んだものです。


その光景を、昨日のことのように思い出しました。

まるで人生そのものではないでしょうか。

生きていれば壁にぶつかり、挫折することもある。麦のように踏まれ、つぶされてしまうこともある。

でも、踏まれっぱなしで損をするのは自分。たとえ人に踏まれても、そこから「なにくそ」と思って、あきらめず、折れず、倍以上伸びたら、それは得することになる。

それは「真理」であり「哲学」だと思います。

私も「踏まれたからといって、踏まれっぱなしになってたまるか」という気持ちで立ち上がることができました。


「性根《しょうね》」という言葉があります。「性根をたたき直す」とか、「性根を据えてかかれ」などというときの「性根」。

あれは人間が生きていくための「根っこ」のことです。

根っこがあれば必ず植物は生き返ります。それと同じように、人間もしっかり根を張っていれば、踏まれても倒れても、必ず芽を吹き返し、立ち直って歩き出していけるのです。

麦の花は小さな紫の地味な花です。

大輪の花ではないけれど、そこには根っこをしっかり張った強さがある。まさに私の人生そのものです。

「チズ、踏まれても、根っこをしっかり張っていたら、がんばれるやないか」

おじいちゃんの声が聞こえる気がします。

# 第4章

# 100歳まで夢がいっぱい

## 70代は自分から動く

ここへきて、私の仕事はどんどん広がっています。

それは自分から動き始めたからなのです。

2016年に再出発してからというもの、一度途切れてしまった人間関係のつながりを、もう一度結び直すために自らあちこち電話をかけ、これまでの不義理を詫びました。結果、直接話すことができた人たちとはすべて関係が復活し、再び交流が始まりました。

ただ、連絡先を管理しているのが私自身ではなかったこともあり、いまだすべての人たちとの関係を再構築できていません。

そうした方々に対しては、この場をお借りして、心から深謝いたします。

「関係復活」によって新しい仕事も増えました。

「チズさん、元気だったんですね」

「そういうことなら、ぜひお願いしたい仕事がある。佐伯先生を待っていたんですよ」

温かい言葉をかけられて、私は胸が熱くなりました。

## 「キレイ」を届けに全国を巡る

銀座を引き上げてから、意外にも多かった声が「スクールはもう開講しないのですか?」というものでした。

銀座にいる当時は、スクールの生徒数を確保するのが困難……ということで閉鎖しましたが、実際には私から直接、習いたいという声が根強くあったのです。そうしたことも、自分が実際に現場と関わって初めて知ったことでした。

その声に後押しされ、品川の新しいサロンで「美肌塾」を再開しています。主に自分でサロンを開いてプロとしてやっていきたい人を育てるコースです。

多忙な人にも受講していただけるよう、1時間半のコースを2回。私の講話と、スタッフによる佐伯式フェイシャルデコルテトリートメントのエステ、そしてローションパックとお手入れ方法を学んでいただきます。

少人数制ということもあって、募集とともにすぐ定員一杯となってしまいます。佐伯式を学びたいと思ってくださる方が、まだまだ全国にたくさんいらっしゃるということに驚き、感激しました。

また、これも新規で2017年から始まったお仕事ですが、全国のNHK文化センターで、ローションパックの実践を含めたスキンケア指導を行っています。

北海道から九州まで、全国各地で直接みなさんにお目にかかれることは、何よりの喜びです。

今でもふと、自分が取り返しのつかないことをしてしまったことで、深い後悔の念に襲われることがあります。しかし、それを言っても仕方がありません。前を向いて生きるしかないのです。

「先生のお話を直接聞けて感激です」

「これが佐伯式なのですね!」

受講してくださった方の喜びの声、それが私の生きる糧《かて》です。

## 第三の人生

今、私のサロンには外国人のお客様も多くいらしています。

中国や韓国からは、以前からお見えになっていましたが、最近はヨーロッパやロシア、アフリカ、アラブからも来てくださるようになったのです。

とある王国の第一夫人がお見えになったときは、それはもう大騒ぎでした。大使館を通じて連絡があり、お付きの方を何人も従えていらして……。

施術中も髪の毛は見せられないということで、いつもの通りにはできません。可能な限りのお手入れをさせていただいて、とても喜んでくださったのでホッとしましたが、本当に緊張しました。

こうして世界中からお客様が来てくださるのは、外国語に翻訳された私の本を読んでくださってのこと。

実は、私の著書は今、英語、フランス語、ロシア語、中国語に翻訳されて、各国で発売されています。もうすぐポーランド語版、２０１８年にはベトナム語版と続きます。

翻訳本の刊行に伴って、海外での講演会の依頼も舞い込んできています。

「この本のとおりにしたらキレイになった！」

「簡単なことだけど、すごいことを教えてもらった！」

こうした感動の声が、世界中から私のもとに届いています。

そして、「一度でいいから、チズ・サエキの施術を受けてみたい」と、海を越えてわざわざ、日本にある私のサロンを訪ねてくださるのです。

ああ、私のやってきたことは間違っていなかったのだ――。


世界中のみなさんが喜び、笑顔になってくださる。こんなうれしいことはありません。

「チズ、この美容法を教えてくれてありがとう」

その言葉をいただくと、私は最高のご褒美をもらったような気分になります。

もっともっと佐伯式を「世界」に広めたい。

いつしか私は、第三の人生に向けて、こんな大きな夢を抱くようになっていました。

## 南アフリカの女医と交わした約束

世界中からお越しになるお客様の中でも、忘れられないのは南アフリカから来てくださった黒人のお医者様です。

私の本を読んで感動されたそうで、なんと私に会うためだけに来日してくださったのです。高いお金をかけて……。

日本滞在はたったの2日間。1日は私のところ、もう1日はせっかくだからディズニーランドに行くと話していました。

それを聞いただけで私、胸がいっぱいになってしまって……。

フェイシャルのお手入れをしてさしあげると、彼女、感動してワンワン泣くのです。

「こんなに私の肌をいたわってくださって……。あなたの美容には愛があふれている」と言って……。


彼女は、貧困層の人たちに病院をあっせんする、メディカルコーディネーターという仕事をしているそうです。貧困問題は依然深刻で、質のいい医療を受けられない子どもたちも多く、とても大変だと話していました。


彼女との出会いが、私に新たな使命を与えてくれました。

「私の美容の技術を世界の人のために役立てたい」

私のローションパックなら、コットンさえ手に入れば、たとえ安い化粧品を使ってもキレイになれます。

アフリカには仕事のない女性がたくさんいます。彼女たちの自立支援のために、私の美容法を身につけ、手に職をつけてほしい。

いいえ、アフリカだけではありません。美容に関してはまだ発展途上である東南アジア諸国やアラブ諸国にも、女性が健康でキレイでいるための方法をお伝えしたい。それを女性の仕事にできることも知っていただきたい。世界中に学校やサロンを作って、美容の技術を伝えたい。

「何かお手伝いできることがあるなら、いくらでもフォローしますからね。必ずまたお会いしましょうね！」

彼女と固い約束をして、ハグをして別れました。

## 古い縁は断ち切る

不思議なことに、古い縁を断ち切ることで、こうした新しい縁がつながるものです。

ただ、いろいろなお誘いを受けるけれど、私にはもう「商売」をしたいという気持ちはありません。

今からお金を儲けても、あの世には持って行けませんから。天国で主人に再会して、「あなた、ほら、こんなにお金持ってきたのよ」と言っても、主人も「そんなもん、いらん」となるでしょう。

だから、主人には「人財産」の報告をするつもりです。

私が今から本当にしたいことは、社会貢献なのです。

私は少女の頃からずっと、オードリー・ヘップバーンに憧《あこが》れてきました。彼女のようになりたい、彼女に少しでも近づきたいという思いから、美容の道へ進んだと言っても過言ではありません。

オードリーも、後半生はアフリカや南米、アジアを飛び回り、支援活動を続けました。

私もオードリーのように、人生の最後は社会貢献で終わりたい。それが願いです。

## 「佐伯式」美肌メソッドを世界へ

実は、いろいろな国から「サロンを開いて欲しい」というお声掛けをいただきます。

それらを営利目的ではなく、ボランティアで人材を育てて、その人たちに自国で「佐伯式」を広めていって欲しいと私は思うのです。女性たちが自立していくための仕事にすることもできるはずです。

前述のとおり、「佐伯式」はコットンと水と化粧水があれば、誰でもできるシンプルなお手入れ法です。自分でもできますが、「人にしてもらう」ことで、簡単なケアでもこんなにも心地よくキレイになれるということを、多くの人に実感してもらいたいのです。

仕事は、ともすれば利益や利権の奪い合いになって、最悪の場合、争いになります。

しかし「美」を作るのは、みんなが笑顔になる仕事です。誰も傷つけることもなければ、戦争になることもありません。

私は日頃から「皮脳同根《ひのうどうこん》」と言っています。つまり、お肌と脳は根っこが同じ、ということです。女性は、キレイになれば心が変わります。女性が変われば、男性も変わり、世の中の争いもきっとなくなる、そう思うのです。

それに、この美容法は日本文化の絶好のＰＲにもなると思うのです。必ず効果が出て、人を裏切らないから。

私が種をまき、世界各国で佐伯式が花開いてくれたなら、それは最高の喜びです。

## 「お取り寄せ」で地方を活性化

少し前から、私は地方活性化事業にも力を注いできました。

もともとは「お取り寄せ」から始まりました。私が大のお取り寄せ好きであるのはご存じの方も多いと思います。ついにはお気に入りのお取り寄せを集めた本、『きれいになる「お取り寄せ」』（講談社）まで出版したほどです。

私のお取り寄せは、出張に行ったときに地元の商店街などを巡り、すべて自分の足で探し、自分の舌で味わって、「これなら自信を持っておすすめできる」と厳選したものばかりです。

ディオール時代からずっと全国を飛び回って仕事をしていましたから、どの地方にも土地勘があります。

私が紹介すると、地方の小さなお店が大繁盛になるということが何度もありました。小さい八百屋や果物屋、漬物屋、和菓子屋などなど。

単純に喜んでいただけることがうれしくて、規模は小さいながら、地方のお店の応援を続けてきました。

ちなみに、こうした応援はすべて自分の気持ちでやってきたものです。自分で買って食べておいしかったから、人にも食べさせてあげたい、というシンプルな動機からです。店から頼まれて無料でもらったものを紹介したことは、ただの一度もありません。

私は少々懐《ふところ》が寒くても、季節のご挨拶だけは欠かしません。おいしい地方の特産物を、お世話になった大勢の方々に味わって欲しい。そして、受け取ってくださった方の笑顔を思い浮かべるだけで、うれしい気持ちになれるのです。

自分の喜びのためにやっていたお取り寄せが、どこかで地方の活性化にお役に立っていたなら、こんなすばらしいことはありません。

そうこうするうちに、私に地方から再生事業に協力して欲しいというお声が掛かるようになってきました。

最近では、美容の枠を拡大して、新しい分野の方々からもお仕事の問い合わせをいただきます。本当にありがたいことです。

## エミューで九州から日本をキレイに！

地方活性化のお手伝いで私が新たにかかわっていることのひとつが、「エミュー・オイル」を使用した化粧品のプロデュースです。

エミューとは、ダチョウを小型にしたような鳥で、オーストラリアの国鳥です。「神の鳥」とも呼ばれています。

オーストラリアの先住民・アボリジニは、秘薬としてこのエミュー・オイルを使っていました。保湿・殺菌作用があるため、傷口に塗《ぬ》ったりしていたそうです。

今でもオーストラリアでは、エミュー・オイルは家庭で常備品のように用いられ、それを使ったボディ・クリームやシャンプーも、一般的な商品となっているそうです。

福岡県筑紫野《ちくしの》市にある「日本エコシステム」の藤澤博基《ふじさわひろたか》代表は、さまざまな環境保全事業を手がけ、その一環として、佐賀県基山町《きやまちょう》と協力し、エミューの飼育を始められました。私が最初の本を出版した当初からお世話になっている、日経BP社ビズライフ局長の藤井省吾氏を通じて、藤澤代表と知り合いました。

この藤澤代表、エミューのことを学ぶために、60歳を超えてから東京農業大学へ入学したという行動派。思い立ったら即、動くところが私と似ているな、という印象でした。

今、日本全国で問題になっているのが耕作放棄地の増加です。雑草や害虫が周囲の農作地にも悪影響を及ぼすため、耕作放棄地をいかに活用していくか、政府も頭を悩ませています。

藤澤代表は、耕作放棄地でエミューを飼育することで、この問題を解決しようと考えました。エミューは雑草を食べてくれるので害虫は自然といなくなりますし、田畑を荒らす鳥獣対策にもなります。また、エミューは皮も肉も羽もすべてが役立ち、無駄なところがひとつもないのだそうです。

このエミューの脂肪を精製した「エミュー・オイル」は、すばらしい美容効果を持っています。これを化粧品の材料として使えないだろうか、と藤澤代表から相談を受けたのです。

藤澤代表もエミュー・オイルを使った製品を販売してこられましたが、美容家の私がプロデュースするからには、本格的なラインナップをそろえたいと思いました。もちろん、私の秘蔵の「ダマスクバラ花水」を配合して。

藤澤代表のもと、エミュー・オイルを使った製品作りを手がける新会社「エミリング」を設立。私は最高顧問に就任しました。

そして、２０１７年10月、福岡・佐賀のエミューと鹿児島のダマスクローズから生まれた新ブランド化粧品「スプリンググローズ」が完成しました。この本が出る頃には発売になっているはずです。まずは化粧水と美容液、クリームから展開します。アルコールフリーで、いずれはイスラム圏の方々にも使っていただけるものにしたいと考えています。

実は、この話には素敵な続きがあります。

「エミリング」製品の売り上げの一部を、現在、設立準備中の一般社団法人チズの会を通じて、長年、アジア・太平洋地域の農村開発や環境保全活動に取り組んでいる国際ＮＧＯ「公益財団法人オイスカ」へ寄付することになったのです。

もともと藤澤代表がエミュー事業に取り組むことになった背景には、このオイスカとの出会いがありました。

まさにエミューがつなぐ人と人の輪。「笑《えみ》」「輪《リング》」。「エミリング」の名前の由来です。

## チャレンジは続く

「チズさん、実際に会うと気さくな人なのね」

「優しく接してもらえてうれしかった」


私に初めて会った方々は、みなさんこのようにおっしゃってくださいます。

講演会などで全国の方々と直接お会いできるのは、私にとって大きな喜びです。ひとりでも多くの方と触れ合う機会を増やしたいと考え、このたび新たに「佐伯チズ　友の会」を立ち上げました。

佐伯式の代名詞「ローションパック」を続けて、みんなで美肌になるために、志を同じくする者同士が集まり、互いに励《はげ》まし合う場です。

この会も、私にとっては大いに生きる喜びとなっています。


そして今、新たに加わったのが「旅」のお仕事です。もともと旅行が大好きですから、うれしい挑戦です。

そうした旅のお仕事のひとつとして「美容生活アドバイザー佐伯チズ先生と行く〝まな美《び》〟旅」という企画を実現しました。これは小田急グループ（小田急電鉄・小田急トラベル）さんの「小田急まなたび」とのコラボ企画で、みなさんと一緒に旅をして、お食事をしたり、美肌になるためのお話をさせていただいたり、観光を楽しんだり……。この〝まな美〟旅シリーズは国内外で続けていきたいと考えています。

さらに今、50代以上の大人世代から注目されている、船で世界各地を巡る「クルーズ」があります。光栄にも、私は「プリンセス・クルーズ」の２０１７年プロジェクト・アンバサダーのひとりにご指名いただきました。

大型客船「ダイヤモンド・プリンセス号」の船内で「美肌塾」のトークショーをさせていただくというもの。約２７００人のお客様と一緒に、海の旅を楽しみながらキレイになるという試みで、９月に韓国・釜山《プサン》まで行ってきました。

75歳を目前に、まだまだチャレンジが続きます。

気力と体力があれば、新しいことを始めるのに年齢など関係ないと実感する毎日です。

## 継続は「美肌」なり

「先生、10年前より若返っているんじゃないですか？」

最近、うれしいことに、こう言っていただくことが増えました。

42歳、夫を亡くして泣き暮らし、老婆のようになった肌を甦らせてくれたローションパックの賜物です。

私は、美容外科にはただの一度もお世話になったことがないし、前にも申し上げましたが、写真にもいっさい修整を加えておりません。ウソやごまかしをしていたら、自信を持って私の美容法をみなさまにおすすめすることができませんから。

ディオール時代から、私のサロンに20年近く続けて通ってくださっているお客様が、何人もいらっしゃいます。月に一度、欠かすことなく来てくださっている方々です。それに、ご自宅でもローションパックを毎朝晩、続けておられます。

こうした方々のお肌を見るにつけ、「『続ける』とはこういうことなのだ」と感嘆せざるを得ません。

透明で透き通る肌の方、シワの一本もないスッキリしたフェイスラインの方……。本当に写真集を出したいぐらい、みなさんおキレイです。

私のサロンに来るまでは、「絶対に素顔を見せられない」と、ファンデーションをたっぷり塗っていた方が、今ではファンデーションをつけるよりスッピンのほうがキレイだからと、いっさい使っておられません。

注射を打ったり、つめものをしたりして作り出す「美」は、一時的なものに過ぎません。でも「佐伯式」の美容法ならば、「一生ものの美肌」が手に入るのです。

## 欠点探しはもうやめて

私の仕事は美容ですが、人の話を聞いてさしあげるのも大事な仕事です。

カウンセリングをしていていつも思うのが、「人を元気にしてあげたい」ということ。

日本人のクセなのかもしれませんが、自分を肯定することができない人が多くいます。

自分にダメ出しばかりしている人です。

先だってもあるお客様が、「私はこういうところがダメで、人からこう言われる」と泣きながらおっしゃるのです。

「じゃあ、あなたのいいところは?」とたずねると、「ひとつもないです」と、自信たっぷりに(?)答えるではありませんか。

「あなたね、自分の顔をよく見てごらんなさい」と言って彼女に手鏡を渡しました。

するとこん今度は、「自分の顔が嫌いだから、見るのもイヤです」と言うのです。

私はひるまず言いました。

「いいから、ちょっと笑ってごらんなさい。あなたはこんなにキレイな歯を持っているじゃないの。みんな歯が汚いのが恥ずかしくて、大きな口を開けて笑えないのよ。あなたはこんなに歯が白くて、歯並びもキレイ。ご両親があなたに愛情を持ってきちんと食べさせてくれたからでしょう。お母さんに感謝でしょう? こんな丈夫な歯にしてもらったことをもっと喜びなさい」

彼女が、きょとんとしているので、私は続けました。

「そんな白い歯を持っている人は、だいたい肌が白いのよ。見てごらん、あなたの首の白さを。顔は、あなたの今までのお手入れが正しくなかったり、日焼けをしたりしているからちょっと黒くなっているけれど、本来の色はこの首の色なのよ。あなたの首の白さを見たら、誰もがうらやむわよ。だから、こんな白い肌に産んでくれたお母さんに感謝よ」

「そんなこと、今まで言われたことがないです」

「それは、あなたが自分の欠点しか見ていないからなの。私はこの仕事を半世紀やっているから断言できるけれど、あなただけが、自分を非難しているのよ。みんながあなたを見て、うわー、キレイな歯、キレイな白い首って思うのよ」

ここまで言って、ようやく彼女はそれまで見たこともないような笑顔になったのです。

「ありがとうございます。これからは歯を大事にします。お手入れもがんばってやります」と言って、自信にあふれた顔で帰っていきました。


人間、どこに焦点を当てて考えるか、なのです。悪いところばかり見ていたら、悪いことだけになってしまう。

人に何と言われようと関係ありません。自分の長所はどこか、自分の美点はどこかということを考えて生きたほうが、人生は絶対に楽しい。

私は「顔は心の証明であり、健康のカルテであり、生きてきた人生の看板である」とお伝えしています。その人の人生が顔に表れます。

私自身もいろいろあったけれど、残りの人生、「いい顔」で生きていきたいと、心から思います。

## 夢は10年ごとに更新する

「生涯現役」を宣言している私。その一方で、80歳がひとつの区切りとも考えています。

私には全国に弟子がいます。私の技術は彼女たちにすべて伝授しました。

これからは、彼女たちが完璧にできているかどうかをチェックしていくのが私の役目。

私がいつまでも現場で先頭に立っていたら、みんなきっと甘えてしまうと思うからです。

だから80をひとつの目途《めど》にして、その後は弟子たちをビシビシ「監視」する予定です。

私と同じことができるようになってもらわなければならないわけですから。

もちろん、私個人の長年のお客様には、お手入れを続けさせていただくつもりです。

「先生、手が動かなくなるまでやってね」

みなさんにはそう言われています。その言葉も、私にとっての励みです。


そしてなにより、私が80歳にこだわる理由があります。

主人と結婚したとき、私たちはひとつの約束をしました。

それは、「80歳まで、ふたりで仲良くやっていこう」というものです。

それまでに仕事をがんばって、「家も建てようね。行きたいところへ行こうね」と話し合いました。

途中で夫は旅立ってしまったけれど、私の心はいつも彼とともにいて、今日までやってきました。

60歳で定年退職してから、私は10年単位で目標を立て、夢を追ってきました。佐伯式美容法を世に広めたいという一途《いちず》な思いで行動してきたけれど、佐伯チズの名前が知れ渡り、世界の人たちも私のことを知ってくださっている。だったら、今こそできることがあるはずです。

それは、「世界中のみなさんに元気を届けること」。

70歳を過ぎてから再スタートしなければならなくなったとき、みなさんに元気を届けなければいけない、私が落ち込んでいてはいけないという思いが強くありました。自分自身が元気で笑っていなければ、人様を元気にすることなんてできません。

80歳からの私のお役目は〝それ〟だと思っています。命が燃え尽きるまで「元気を届ける」を全うするつもりです。

## 何歳からでも花は咲く

「佐伯さんはなぜ、60歳からこんなに羽ばたけたの？」

私が60歳で出版デビューをして、世の中に佐伯式を広めたことで、いったい何度聞かれたことでしょう。

60歳というと、世間では定年、初老、余生といったイメージかもしれません。
でも私は、60歳から花を咲かせました。
それは「夢」を持ち続けたからです。
アバウトな夢ではなく、「こうなりたい」という具体的な夢です。

私がオードリー・ヘップバーンの大ファンということはすでに述べましたが、彼女の白く、透き通るような肌に憧れ、日焼けをいっさい拒否するようになったのが中学1年生のときのことでした。それが今の自分につながっています。
なんとなく「こうなりたいな」というものではなく、「こうなる！」という具体的なビジョンを持つことです。

私がみなさんにほめていただける背景には、60歳から夢を持つ人があまりいないということがあると思っています。

「定年退職したら終わり」

「定年後はおとなしく引っ込む」

はたして、そういう人生でいいのでしょうか。

いまや、「人生１００年時代」です。60歳からは、まだ40年もあるじゃないですか。

子どもを養うために懸命に働いて、自分のことは二の次三の次で、ずっとがまんをしてきた、そういう人がたくさんいると思います。今こそ、自分の人生を生きる番です。

人間、その気になれば、なんでもできるのですよ。

でも突っ走りすぎて、私のような大失敗をして、夢への道のりを遠回りしてしまわないように。

それだけは、私の真似をしないでください。

## 「老春《ろうしゅん》」を楽しむヒント

「願えば、かなう。夢はクスリ、あきらめは毒」

これが私のモットーです。


序章に書いたように、私は60歳から70歳まで走ってきて、夢は全部かなえました。10年続けたら、夢はかなうのです。

私の場合はいささか暴走しすぎて、手ひどい失敗をしてしまいました。だからといって、夢を持つことをあきらめるつもりはまったくありません。

現在74歳、私には夢がいくつもあります。お話しした社会貢献もそうですし、プライベートの夢もたくさんあります。

「青春」という言葉があるように、「老いの春」もあっていいと思うのです。

これを私は「老春」と呼んでいます。

今こそ老春を楽しみましょうよ。

「そうはいっても、何をやればいいかわからない」

私が「人生60歳からよ」「老春を楽しみましょう」と言うと、必ずこういう声が聞かれます。

たしかに、今まで子育て第一、会社第一、仕事第一で生きてきた人が、急に「自分のやりたいことを」と言われても、困ってしまうかもしれません。

そこで私がおすすめするのが、自分の「五感識」について考えてみることです。

「五感識」とは私の造語で、見ること、聴くこと、嗅《か》ぐこと、味わうこと、触ることをいいます。「あなた、センスがいいわね」というのは、つまりこの「五感識」が優れているという意味なのです。

誰しもすべての感覚が等しく敏感なわけではありません。しかし、どこかの感覚が必ず優れているはずです。

この中で、どれが自分の中で一番敏感かを考えてみてください。たとえば――。

見ること――映画が好き、絵画・写真を見るのが好き、日本の古都や神社仏閣が好き

聴くこと――音楽が好き、楽器の演奏が好き、田舎の山や川、せせらぎの音が好き

嗅ぐこと――お茶が好き、花の香りが好き、お香やアロマが好き
味わうこと――食べることが好き、料理が好き、おいしいお店を探すのが好き
触ること――布地や手芸が好き、動物とのふれあいが好き、土の感触が好き

それが自分の得意なこと、好きなことにつながるはずです。

私の場合は、テレビや写真集で見た「世界遺産」を、この目で実際に見てみたいと思っています。「四季の香り」についても勉強してみたい。それに、裁縫《さいほう》が好きなので、手芸ショップへ出かけて、いろんな生地や材料を見て回って、家のインテリアに使えるものを作ってみたい。そんなふうに考えています。


「道楽」を見つけることもいいと思います。

「三大道楽」といいます。大阪は「食い倒れ（食い道楽）」、京都は「着倒れ（着道楽）」、東京は「履き倒れ（履き道楽）」。目立たないところ（履物）にお金をかけるのが江戸の粋《いき》だったのでしょう。

この中で自分の道楽したいことは何か、考えてみてください。

「食い道楽」なら、好きな食べ物――たとえば、東京ならおそば屋さん、大阪ならうどん

屋さん巡り。おいしい和菓子を探して歩くのもいいですね。大阪に足を延ばして、タコ焼きやお好み焼きを食べ歩くとか。

「着道楽」ならちょっと京都にでも行って、かんざしを見たり小物を見繕ってみたり。買わなくても楽しいじゃないですか。街の雰囲気に触れてみることが大切なのです。最近は着物の着付けをしてくれるサービスもありますから、着物で人力車にでも乗るとかね。楽しみはいくらでも見つかります。

そして、飲み食いをしたり、買い物をして楽しむだけでなく、最後にその体験を、写真と文章でまとめた「自分集」を作ってみる。これは、さらに良いと思います。記憶が薄れないうちに、パソコンでも、手書きのノートでもいいでしょう。感じたこと、思ったこと、新たな発見や課題を書き留めておくのです。

それが次の「老春」の楽しみにつながります。

## 趣味を極める

私は若い頃から住宅展示場が大好きで、ディオールに勤めていた頃も、時間を見つけては住宅展示場巡りをして、ストレスを解消していました。

家やインテリアが大好きで、いつか自分の家に取り入れたいと思って見ていると、時間が経つのを忘れてしまいます。

あるとき、住宅設計会社の人にそんな話をしたら、「よく勉強されていますね」と驚かれてしまいました。面白いことに、それがきっかけで始まったのが、兵庫県明石市にある住空間設計Ｌａｂｏさんとのお仕事でした。


お茶も、趣味が仕事につながりました。

あるとき、お茶屋さんが５種類の茶葉を持って来られて、テイスティングのようなことをしたことがありました。「これは玉露《ぎょくろ》」「これは抹茶《まっちゃ》かしら」と答えていったら、なんと全部当たったのです。

「この人の味覚は確かだ」と評価していただき、お茶の仕事が新しく決まりました。

好きなこと、やりたいことを追求していけば、誰でも何かしら秀《ひい》でているものがあるはずなのです。それを極めれば自分も夢中になれるし、それでちょっと人に教えたりしても楽しいのではないでしょうか。

もちろん、仕事をするのもいいですね。シニア層の持っている潜在能力はたいへんなものがあるはずです。それを使わないのは本当にもったいないと思います。

私がいいと思うのは人材教育です。長く働いてきた人ならではの知恵を、若い人に授《さず》けてほしい。

それから植木職人や大工など、技術を持った人は、シルバー人材センターに登録しておくと、仕事をあっせんしてもらえます。

自分の技術が人のお役に立つのは、うれしいものですよ。

## 青春時代にやりたかったこと

子ども時代、青春時代にしたかったことを思い出してみるのもいいと思います。

子どもの頃って、「ケーキ屋さんになりたい」とか「東大に行きたい」とか、制限なく自由に夢を描いたでしょう。

それを思い出せば、今からでもやれることはいっぱいあるはずです。

たとえば最近ではコメディアンの萩本欽一《はぎもときんいち》さんが、70歳を過ぎてから駒澤大学に入学なさったでしょう。

私もそうですが、事情で大学をあきらめた人、行けなかった人はいっぱいいるはずです。それを今からやってみるなんて、本当にすばらしいことです。

また、長野県松本市で通訳のボランティアをされている81歳の男性がいます。

この方は、娘さんが40歳で病気で亡くなって、茫然自失の日々を過ごしていたそうです。あるとき、娘さんが生前に使っていた英語の単語帳が出てきて、それで英語を覚え、今では通訳ができるまでに上達したというのです。感動的な話です。


何でもいいのです。青春の頃に棚上げしたものに、老春で再度、挑戦してみましょう。

時間や経済的余裕のある今だからできることは、いっぱいあるはずです。

若いときにできなかったことにもう一度、挑戦してみるのは、楽しいものです。

私もいつか、憧れの白洲正子《しらすまさこ》さんの旅を追体験したいと思っています。

## 今こそ旅に出よう！

そして、なんといってもおすすめなのが旅です。

吉田類《るい》さんという方をご存じでしょうか。70歳近い方ですが、全国の居酒屋を回って、テレビや雑誌などで紹介していらっしゃいます。

夏は北海道、冬は沖縄と、好きなときにふらりと好きな場所を巡る。なんと粋で素敵なことでしょう。日本は小さいから、全国を回りやすくていいですね。

あまり遠いところは難しいというのなら、近場でもいいのです。

東京なら下町を巡ってみたり、お祭りを見に行ってみたり。「東京にもこんな街があったんだ」と再発見するのも楽しいですよ。

都会にもこんなに緑がいっぱいで、安らげる公園があるんだとか、夕日がきれいに見えるとっておきの場所を見つけたとか、探検気分で巡ってみてはどうでしょうか。

オシャレな運動靴を買ってみたりして、たくさん歩けば健康にもいいじゃないですか。

「一緒に行く人がいないから」

「友達と日にちが合わない」

そんなことを言っていたら、いつまでも旅立てませんよ。

思い立ったらひとりで行けばいいのです。ひとりだからこそ、気軽に旅立てるのです。

「いや、私は持病があるから旅行は無理」という人もいますが、思い切って行ってみれば、なんとかなるものです。もちろん無理は禁物ですが、少しぐらいのチャレンジはしてみてもいいのではないでしょうか。

「行きたい」という気持ちがあれば元気になるし、旅の楽しみを見つけることで健康になれます。

気軽に行けるところから始めてもいいと思うのです。

持ち物も携帯電話と、もしものときを考えて、住所と名前を書いた手帳を持っていれば安心です。

まずは「一日旅」です。近所の寺社巡りでもいいでしょう。

次は「二日旅」。ちょっと足を延ばして、夏なら避暑地で1泊。冬なら温泉で1泊。

そして「三日旅」。私なら「食い道楽」の旅で京都から奈良方面へ行ってみたいです。おいしいものの食べ歩き。高級でなくていいのです。新しい場所、普段と違う場所で食べることに意味があるのですから。

私の長年の夢は、大好きなそばを食べ歩く全国そば街道巡りと、アメリカ・アリゾナ州セドナを再訪すること。そのうえさらに、前述のとおり、世界の女性に仕事を作るボランティアの旅という目標が加わりました。

## 「トシだから」は禁句！

「もうトシだから」

「あれもできない、これもできない」

「このトシでそんなことをしたら恥ずかしい」

こういうことを言っていると、何もできなくなります。

今、トシだからと、自分で自分を縛《しば》ってしまう人が多いように思えてなりません。私の思い過ごしであればいいのですが。

自分に何かやりたいことがあれば、「トシだからできない」ではなく、「どうやったらできるかな」と、考え方を前向きに変えてみたほうが人生はずっと楽しい。

そして、思い切ってやってみることです。あれこれ頭で考えすぎると、ちっとも行動できません。

もしかしたら、そういう人は、今まで幸せな人生を歩んできたのかもしれません。自分で行動しなくても、幸せが与えられていたのでしょうね。

私には、自分で行動して、自分でつかみ取るしか方法がありませんでした。

だからいつも、「自分はどうやったら幸せになれるか」「幸せになるためには何から始めるべきか」を考えてきました。

みんな他人のことばかり気にしています。人からああ言われた、こう言われたと……。

そうではなくて、「自分はどうすべきか」を考えることが大事だと思うのです。

自分の内側に気持ちが向かっていれば、他人の目や意見など、気にしている余裕などないはずです。自分自身にもっと目を向けて、自分が本当に何をしたいのか、何が幸せなのかを考えてみてください。

そのための良い方法をお教えしましょう。

自分が幸せになるにはどうすればいいのかを考えて、リストにしてみます。

そのリストに書いた項目をよく見て、自分にとって大切だと思うことから順に番号を付けるのです。

こうやって優先順位を見えるかたちにすることで、「じゃあ、私はこう動こう」と目標が決められます。あとは、行動あるのみです。

## 大人のカッコ・カワイイ

私自身、今も現役で仕事をしていることもあり、自分を老人だなんて考えたことは一度もありません。

私の憧れは宇野千代《うのちよ》さん。米寿のお祝いで大振袖姿を披露し、98歳で亡くなる直前までおしゃれを楽しみ、美しい女性であり続けた宇野先生。

私も60歳をすぎて初めて、自分が好きだったけれど着られなかったものを着ています。

ディオール時代は、肩書もあったし、人前に立つことも多かったため、どうしてもスーツを着ることが多かったけれど、本当はカジュアルで、どこかかわいらしさのある服が好きなのです。

いまは「ミゴロ」さんで自分の好みのシャツを作ってもらって、本当に好きな洋服を自由に着ています。

「このトシで」と言う人は多いけれど、堂々としていれば誰も何も言わないものです。人にどう言われようと、思われようと、「私はこれが着たかったのよ」「こういうことをやってみたかったのよ」とさらりと言って行動すること。それが「大人のカッコ・カワイイ」だと私は思います。

## 「おひとりさま」でも寂しくない

私くらいの年になってくると、死別の悲しみを経験する人も多くなると思います。私はその点、ベテランです。夫はもちろん、私を育ててくれた祖父母、実母、養母、勤めていたときの部下、同窓生など、大切な人たちとの別れを経験してきました。その経験から言えることは、「泣きたいときは泣くだけ泣いたらいい」ということ。泣きたいだけ泣く。私は夫を亡くして3年間、泣き暮らしましたが、1年の人もあれば、2年の人もあると思います。泣いて泣いて泣きたいだけ泣くと、涙で悲しみが洗い流されて、少しずつ心が軽くなっていくものです。

別れた人と心の中で会話をするといいですね。私はいつも主人に話しかけてきました。

「こんなのをいただいたのよ、どう、似合う？」

「今日はお菓子を買ってきたのよ。『君は女の子のくせに甘いものを食べないね』と言われていたけれど、最近は好きなのよ」

そうやって話しかけていると、主人を近くに感じられて、次第に流れる涙の量が違ってきました。

やがてそれが「悲しい涙」ではなく、「希望の涙」に変わっていきます。

人間には根本的に「生きる力」があるのです。

私はいつも、気持ちのうえでは主人と一緒に過ごしています。

自室のテレビの向かいには、主人をはじめ、亡くなった祖父母とファミリー全員の写真が飾ってあります。いつも家族そろってテレビが見られるというわけです。

以前、ＢＳ朝日の「ありがとう」という番組で、私が感謝を伝えたい人物として祖父を取り上げたドキュメンタリー番組を作ってくださったことがありました。

それももちろん〝ファミリー全員〟で見ました。祖父の若い頃の写真が映ったときには、「あ、おじいちゃん、えらい若いなあ」などと会話をしたりして。

時には「こんなお笑い番組、ちっとも面白くないよね」と、悪口を言ったりもします。

主人には天気予報を必ず見せます。星の仕事（プラネタリウムの設計技師）だったので、天気予報をいつも気にしていました。NHKの夜7時のニュースも欠かさず見ていました。

主人とは車の話もよくします。2年に1回は乗り換えるほど、車が大好きでした。六本木にBMWやミニクーペのカタログをくれるところがあったので、いくつかいただいてきて主人に供えました。

「車も今はこんなに変わっているのよ」「最近はこんなふうに『エコカー』といって、電気などで動いているよ」などと話しながら……。

こうやって、いつも主人や家族を身近に感じているから、私は寂しさとは無縁です。

## 命尽きるまで「生涯現役」宣言

「生涯現役」

これが私のモットーです。

私の寿命が来て、夫のところへ旅立つその日まで走り続けたい。死ぬのなら前向きに倒れて死にたい。

大好きな宇野千代先生が瀬戸内寂聴《せとうちじゃくちょう》さんと98歳で対談をしたときのことです。

「私、なんだか死なないような気がするんですよ」

と宇野先生はおっしゃったそうです。亡くなったのはその半年後。最後まで女性として美しく、凛《りん》とした生き方を貫いた方でした。

こういう「逝き方」が私の理想です。

命が尽きるその瞬間まで、この「生」を駆け抜けたい。

「第三の人生」を前に、そう心に決めています。

## あとがき――それでも私は人を信じたい

信じていた人に裏切られるという経験は、本当につらいものです。「まさかあの人が……」という外に向かう悔しさ、嫌悪感と、「なぜ信じたのか」という内に向かう自己嫌悪……。

人にこっぴどく裏切られた経験を持つ人が、人嫌いになったり、猜疑心《さいぎしん》のカタマリになってしまうのも、今の私にはよくわかります。

では、私はどうか。これからの人生、人を疑って生きていくのか。「この人もどうせ裏切る」と否定の目で人を見るのか。

いいえ、やっぱりそんなのは嫌。信じることをやめなさいと言われても、それは私の生き方とは違います。

やっぱり私は人を信じたいし、信じて生きていきたい。

私の仕事は人と心を通い合わせなければできない仕事です。人様のお肌を預かって、美容のみならず、健康のことや、時には人生相談に乗ることもあります。

その人に対して真剣に向き合うからこそ、美容に関することも健康のことも、食べることも、時には生き方についてまで、本当のことを言ってあげられるのです。

そこで「この人に売りつけよう」という気持ちが働いてしまったら、その瞬間に本当のことが言えなくなります。

その人を本当にキレイにしようと思ったら、化粧品は何を使ったらいいのか、逆に、これは買わなくてもいいということがハッキリ言えるのです。

これが私のやってきたことだし、これからも変わらず続けていくつもりです。

**おじいちゃん、おばあちゃんから教わったこと**

今思えば、私の人生の軸となったのは祖父母の教えでした。

昔の人はみんなそうだったのかもしれませんが、祖父母は信心深い人で、仏の心、感謝の心を私に教えてくれました。

朝、仏壇の前で手を合わせるとき、手と手の間に仏さんが小さくなって入ってくれるということ。ごはんを食べるときは、野菜や動物の命をいただいて元気にさせてもらうことに感謝して、「いただきます」「ごちそうさま」と言うこと。寝る前は、今日も一日生かしていただいたことに「おおきに」と心の中で言うこと……。

何に対しても「ありがたいという気持ち」「感謝の気持ち」を持つことを、祖父母から学びました。

だから私は、空を見ても、人を見ても、太陽を見ても、富士山を見ても、自然と手を合わせる気持ちになります。新幹線でも、車窓から富士山が見えたら心の中で拝《おが》みます。朝日が上ってきたら、「今日も一日、よろしくお願いします」と手を合わせます。

食べ物のもったいなさを教えてくれたのも祖父母です。

「皮も捨てたらあかん。皮にも滋養があるんやで」と教えてくれたおばあちゃん。煮干しは、だしをとるとき、頭と内臓の部分を取るけれど、それを捨てずに犬、猫にあげていたおじいちゃん。

「米粒も捨てたらあかん。それを集めて、鳥さんに食べてもらうことが供養だ」と。鳥さんは、今は鳥だけど、今度何に生まれ変わってくるかもわからないからと。

近所の子どもがお腹をすかせていたら、「同じ子どもだから」と、ごはんを食べさせてあげる、そんな祖父母でした。

## 自分の生き方を見つけ、希望に満ちた80代に向かって

子どもの頃、両親不在の家に育った私は、そのことでよく近所の悪ガキにいじめられました。家でもいとこたちに「居候の子」呼ばわりをされ、肩身の狭《せま》い思いをしていました。

そんなときも祖父はこう教えてくれました。

「チズ、人に言われたら腹が立つけれど、仏さんから言われたと思ったら、腹は立たんやろ。おまえは仏さんから預かった子なんやから」

仏様は何があっても、微笑みながら私たちを見守っていてくださる。だから、何があっても大丈夫だから、つまらんことで腹を立てるな――と教えてくれたのです。

子ども心にも、そう言われて仏様の顔を見ると、安心したり、気持ちが落ち着いたりしたものでした。

当時はわからないこともあったけれど、大人になってみて初めて、「あれはこういうことを伝えたかったのね」と理解できたこともたくさんあります。

祖父母の教えは間違いなく、私の細胞に刻み込まれていると思います。この教えがあったからこそ、私は今まで生きてこられました。

貧乏で生まれたけれど、自分の生き方を自分で見つけ、何があってもへこたれずに、あきらめることなくやってくることができた。いくつかの花を咲かせ、70歳を過ぎて降りかかった大きな困難も乗り越え、そして希望でいっぱいの幸せな今があります。

私はこれからも祖父母の教えを胸に、仕事に励み、老春を楽しみ、ひとりでも多くの方のお役に立てるよう精進していくつもりです。

本書をお読みいただき、ありがとうございました。

2017年10月

佐伯《さえき》チズ

編集協力　上岡康子／高橋扶美
協　力　ＱＵＥＳＴＯ（黒田剛）
カバー写真　高山浩数
本文イラスト　よしだみぼ
本文レイアウト　中川まり
ブックデザイン　鈴木成一デザイン室

## 著者略歴


### 佐伯チズ（さえき・ちず）

美肌師。生活アドバイザー。1943年生まれ。外資系化粧品会社を定年退職後、エステティックサロン「サロン ドール マ・ボーテ」を開業。その後、自身の美容理念と佐伯式美容技術を継承する後進育成の場、「佐伯式美肌塾 チャモロジースクール」を開校。現在も現役エステティシャンとして多くの女性の悩み相談やお手入れを続けている。執筆、講演、メディアなど多方面で活躍中。2017年度から新たに旅のアンバサダーや地方活性化事業への取り組みを開始。

著書には『今日の私がいちばんキレイ』（幻冬舎）、『キレイの躾』（世界文化社）、『佐伯チズ、美の流儀』『願えば、かなう。』（以上、講談社）など多数。著作は累計500万部を超える。『美肌革命』（講談社）は英語、中国語、フランス語、ロシア語、ポーランド語に翻訳され、海外からも注目を集めている。

●「Saeki Chizu official website」http://www.saekichizu.com/



# まけないで
## 女《おんな》は立《た》ち上《あ》がるたびキレイになる

2017年11月21日　第1刷発行
2020年 6 月24日　第2刷発行

著者　佐伯《さえき》チズ




発行者　渡瀬昌彦
発行所　株式会社講談社
東京都文京区音羽2-12-21　〒112-8001
電話　編集03-5395-3522
販売03-5395-4415
業務03-5395-3615

印刷所　株式会社新藤慶昌堂
製本所　株式会社国宝社





定価はカバーに表示してあります。
ISBN978-4-06-220892-5